LA

GÉNÉRATION

D'AUJOURD'HUI

ET

CELLE DE DEMAIN

PAR

LÉON MORTUREUX

PARTA · TUERE

DIJON

IMPRIMERIE R. AUBRY, RUE BOSSUET, 15

1888

GÉNÉRATION

D'AUJOURD'HUI

CELLE DE DEMAIN

LA
GÉNÉRATION

D'AUJOURD'HUI

ET

CELLE DE DEMAIN

PAR

Léon MORTUREUX

DIJON

IMPRIMERIE R. AUBRY, RUE BOSSUET, 15

—

1887

Nous vivons à une époque de malaise général. Le présent est incertain, l'avenir menaçant. Au dehors l'Europe retentit de bruits de guerre. Au dedans, les agitations des partis, les crises agricoles, financières et industrielles entretiennent l'inquiétude et la méfiance. Beaucoup cherchent et proposent des remèdes à cette situation tourmentée, remèdes le plus souvent contradictoires. Un plus grand nombre aime mieux fermer les yeux et se boucher les oreilles, refuse de voir le péril, ne songe qu'à s'étourdir, à vivre au jour le jour. Nous verrons bien, disent-ils; il est toujours temps de subir le malheur quand il arrive; ne vaut-il pas mieux, en attendant, jouir du bon temps. — Comme si la prévoyance du danger ne permettait pas souvent de le détourner; comme si l'épreuve n'était pas plus victorieusement supportée par qui s'est plus longuement et plus fortement préparé à la résistance.

Je ne suis pas de ceux qui pensent qu'il n'y a

qu'à se laisser couler lorsque le navire fait eau;
je crois au contraire qu'il faut lutter jusqu'à la
dernière minute, espérer contre tout espoir. —
Aussi, n'est-ce point pour inspirer le découra-
gement que j'entreprends froidement, sans
illusion comme sans parti pris de pessimisme,
de me demander ce que nous sommes aujourd'hui
et ce que nous pourrons être demain.

Je n'ai pas la prétention d'apprendre rien de
nouveau à personne et surtout de trouver le
remède au mal dont souffre ce siècle; mais,
père de famille, je crois bon de fixer mon regard
sur ce qui se passe autour de moi et de penser à
l'avenir des jeunes êtres dont la Providence m'a
confié la garde. — Si mes réflexions, si l'influence qu'elles pourront exercer sur la direction des éducations que je commence contri-
buaient à assurer un jour à mes fils la place que
je leur souhaite dans la génération qui rempla-
cera la nôtre, je serais bien payé de mes efforts.
Du moins, en lisant ces lignes, pourront-ils se
dire que j'ai beaucoup pensé à leur avenir et
que j'ai cherché à l'assurer en faisant d'eux des
hommes de devoir et des hommes utiles.

LA GÉNÉRATION

D'AUJOURD'HUI

ET CELLE DE DEMAIN

La Génération d'Aujourd'hui

Tous les peuples qui ont joué un rôle sur la scène du monde ont traversé les mêmes phases dans leur existence. Rudes et pauvres à l'origine, on les voit conquérir par la force des armes la suprématie sur leurs voisins. Pendant un certain temps, leur puissance va en s'accroissant : elle finit par arriver à son apogée. Alors la richesse, qui a grandi avec la puissance, est à son comble. Bientôt, elle entraîne à sa suite la mollesse dans les habitudes et l'énervement des caractères : on voit à ce moment commencer la période de la décadence. Cette période, quelquefois brillante encore par de certains côtés, dure plus ou moins longtemps; mais elle mène invariablement tôt ou tard à la chute.

C'est là ce que nous apprend l'histoire. Elle nous montre à chacune de ses pages les civilisations nouvelles remplaçant les civilisations disparues, les ruines s'étendant sur les empires ou les empires s'élevant du sein des ruines; la lumière venant tour à tour de l'Orient ou de l'Occident; la gravitation des peuples sans cesse entraînée autour de nouveaux orbites. Mais ce qui n'a pas encore été donné de voir jusqu'à ce jour, c'est une nation remonter le courant, repasser par la route déjà parcourue, secouer l'énervement et la mollesse de son âge mûr pour retrouver la sève et l'énergie de son âge viril, regagner, en un mot, le premier rang, lorsqu'elle est tombée aux rangs inférieurs.

Si maintenant nous nous demandons à quelle phase de son existence la France est arrivée, il semble qu'il soit impossible de ne pas avouer que, depuis quelque temps, notre prestige au dehors, notre prospérité au dedans, aient singulièrement baissé. Hier encore (quelques années, c'est hier dans l'histoire), nous étions les arbitres de l'Europe: pas un coup de canon ne se tirait sans notre autorisation, pas un traité ne se concluait sans notre signature; on briguait notre alliance, on

redoutait notre hostilité. Aujourd'hui, les questions
les plus graves se règlent en dehors de nous; la
France ne compte pour ainsi dire plus dans le
concert européen : ce n'est plus à Paris, mais dans
la capitale de notre ennemi héréditaire que les
peuples vont chercher une orientation et un mot
d'ordre. — Hier, nous étions la nation la plus riche
du vieux continent; notre agriculture était floris-
sante, notre commerce et notre industrie excitaient
l'envie de nos voisins. Aujourd'hui, le commerce
gémit, l'agriculture agonise, les usines éteignent
leurs feux. — Hier, nos finances étaient prospères,
aujourd'hui, notre dette, la plus forte du monde,
s'aggrave chaque année de nombreux millions;
les budgets ne se soldent qu'à force d'impôts et
d'emprunts, et l'on commence à apercevoir pour
demain le spectre du déficit.

Résulte-t-il de ces remarques que l'heure de la
décadence ait sonné pour notre pays? ne traverse-
t-il, au contraire, qu'une éclipse momentanée? —
Malgré l'amoindrissement apparent et visible à
tous les yeux, on peut dire à la rigueur qu'on n'en
saurait rien conclure. Un peuple n'est pas en décadence parce qu'il a eu des revers militaires; Rome
était à la veille de reconquérir la victoire alors
qu'Annibal était à ses portes ou que les Gaulois

assiégeaient son Capitole. Une crise matérielle, quelque aiguë qu'elle se produise, n'est pas toujours l'avant-coureur de la ruine définitive; nos finances se sont relevées après que nous avons subi la banqueroute et le tiers consolidé.

Pour essayer de savoir où nous en sommes, il faut ne pas envisager seulement les faits, mais remonter à leurs causes; pour pressentir ce que pourra être la génération future, il faut étudier ce qu'est la génération présente; nous allons dans ce but jeter un coup d'œil rapide sur la Société, sur la famille et sur l'individu.

I. — LA SOCIÉTÉ

Il semble que les principaux caractères de la Société française à la fin du XIXe siècle soient: l'instabilité des institutions, l'extrême division des partis, la confusion des pouvoirs et des rouages gouvernementaux, l'impatience de toute autorité et de tout frein, l'absence de principes, la subordination des convictions aux intérêts; la soif des jouissances poussée jusqu'aux dernières limites.

Depuis la Révolution, qui marqua la fin du siècle dernier, l'instabilité n'a cessé de régner; les systèmes de gouvernement les plus différents se sont succédés avec une rapidité vertigineuse; ceux qui ont eu la plus longue vie n'ont pas duré vingt ans.

Nous avons eu tour à tour la monarchie de droit divin et la monarchie populaire, l'empire autoritaire et l'empire libéral, la république girondine ou jacobine, modérée ou radicale.

Depuis dix-sept ans, l'étiquette n'a pas changé; mais peut-on dire que les choses soient restées les mêmes. Qu'on mesure le chemin parcouru depuis la présidence du maréchal de Mac-Mahon jusqu'à celle de M. Carnot, en passant par M. Grévy. — Il semblerait qu'un régime, en s'implantant dans un pays, après les tâtonnements du début, dût acquérir peu à peu de l'assiette et de la stabilité. Il semblerait que les rouages de la machine gouvernementale dussent, avec l'usage, arriver à un fonctionnement plus régulier; que les arrêts dussent être plus rares et les réparations moins fréquentes. Eh bien, c'est exactement le contraire qui se produit. A mesure qu'elle poursuit le cours de ses destinées, la République fait une plus effrayante

consommation d'hommes d'Etat. Les ministères,
qui étaient quelquefois arrivés jusqu'à durer un
an, ont de la peine maintenant à vivre quelques
mois. Chaque crise est plus longue et plus difficile,
parce que tant d'hommes se sont successivement
passé les portefeuilles qu'il faut une peine infinie,
pour découvrir quelqu'un qui ne s'y soit pas déjà
brûlé les doigts et dont l'étoffe politique ne soit
pas usée jusqu'à la corde.

Cette instabilité dans le gouvernement amène,
dans les différents services publics le désordre et
la désorganisation. Les circulaires d'un ministre
ne sont point lues par tous les agents placés sous
ses ordres qu'il en paraît d'autres mettant à néant
les précédentes et prescrivant tout le contraire.
Pas une réforme n'est commencée qui soit menée
à bonne fin; pas une économie projetée qui ait
jamais vu sa réalisation; pas un projet élaboré qui
ne soit impitoyablement mis au carton par un suc-
cesseur naturellement peu jaloux d'imiter celui
qui l'a précédé.

Cette instabilité, très préjudiciable à tous les
services, est un péril et un péril mortel lorsqu'il
s'agit des portefeuilles de la guerre, de la marine
ou des affaires étrangères. — Tout le monde convient qu'à de pareils postes il faudrait des hommes

qu'une longue éducation spéciale eût appelés à les
remplir, des hommes dégagés de toute préoccupation politique, choisis pour leur seule capacité et
non pour les services qu'un parti peut en attendre.
— Ces hommes, se consacrant entièrement à une
œuvre qu'ils sauraient devoir diriger longtemps,
acquéreraient peu à peu l'expérience nécessaire.
En même temps qu'ils embrasseraient leur vaste
département dans son ensemble, ils se familiarise-
raient avec les détails. Il y aurait de l'unité et de
l'esprit de suite dans notre réorganisation militaire
et maritime aussi bien que dans les rapports que
nous entretenons avec les différentes nations. —
Au lieu de cela, notre politique étrangère indécise
et incohérente inspire la défiance et ne nous procure aucun allié: notre armée est un champ
d'expériences où tout subit une transformation
incessante et où les lois de recrutement elles-
mêmes sont changées avant qu'on ait pu juger de
leurs résultats. Pour notre marine, les journaux
nous apprennent tout à coup que nos vaisseaux
sont aux trois quarts ruinés et qu'un ministre a
gaspillé les fonds de son département à construire
de petits bateaux qui ne peuvent pas tenir la mer.

Peut-être, cet état de choses sur lequel je n'ai
pas voulu m'appesantir, parce qu'il n'est ignoré

de personne, pourrait-il être amélioré, si notre
pays retrouvait un peu d'unité et si, le triste
résultat de nos divisions ouvrant enfin les yeux,
il était permis d'entrevoir une réconciliation des
partis. Hélas! au lieu de cela, il semble que les
divisions s'accentuent de plus en plus et que les
fossés se creusent entre les citoyens plus nombreux et plus infranchissables. Dans tous les pays,
il y a le parti du gouvernement et le parti de l'opposition. Si le second est parfois divisé, le premier,
du moins, reste toujours uni. En France, il est
difficile de savoir au juste où les divisions sont les
plus nombreuses, dans le parti conservateur qui
est exclu du pouvoir, ou dans le parti républicain
qui l'exerce. — Si l'on compte chez les conservateurs les monarchistes ultra, partisans des Bour-
bons d'Espagne, et les monarchistes libéraux,
partisans du comte de Paris, les bonapartistes
ralliés autour du prince Jérôme ou dévoués à son
fils et compétiteur, le prince Victor; voire même
les conservateurs de nuance indécise qui s'accom-
moderaient de la République sans républicains. On
trouve d'autre part chez les républicains : les anciens
centre-gauche, maintenant débordés et impuis-
sants; les opportunistes et les radicaux, ces frères
ennemis, s'arrachant tour à tour les lambeaux du

pouvoir et battus en brèche par la marée montante des nouvelles couches émergeant des plus bas-fonds sociaux, et déjà divisée elle-même en socialistes, communalistes, possibilistes et une foule d'autres noms en iste.

De cette confusion dans les doctrines découle tout naturellement la confusion dans les différents pouvoirs. Nul ne se renferme dans ses attributions, chacun empiète sur le domaine des autres. L'administration veut dicter des arrêts à la justice; les assemblées délibérantes font sans cesse des excursions dans le domaine administratif.

Depuis huit ans, nous avons vu arracher des citoyens français de leurs domiciles sous prétexte qu'ils avaient lié leur conscience par des vœux où l'État n'avait cependant rien à voir; distraire ces citoyens de leurs juges naturels lorsqu'ils réclamaient la protection des lois; chasser enfin les magistrats de leurs sièges parce que le pouvoir n'était pas sûr de dicter leurs sentences. Nous avons vu des soldats rayés des cadres de l'armée parce qu'ils appartenaient aux plus anciennes et aux plus glorieuses familles militaires françaises, puis, lorsqu'ils protestaient et qu'ils revendiquaient le principe de la propriété des grades, chassés du sol de la patrie. — Nous avons vu à

Châteauvillain un préfet commander aux gen-
darmes d'enfoncer les portes d'une maison privée
et de tirer sur des femmes; à Decazeville, l'autorité
municipale empêcher la gendarmerie de secourir
un ingénieur contre des assassins. — Nous voyons
à Paris le conseil municipal relever le drapeau de
la Commune et jeter à la face du gouvernement et
des Chambres des défis qu'on n'ose pas relever.
Un procès scandaleux jugé par l'opinion publique
autrement que par la Cour d'appel, nous a montré,
à propos d'un aventurier trafiquant de tout, même
de la croix d'honneur, la Préfecture de police
paralysant l'action de la Justice, le parquet créant
des entraves au juge d'instruction, le gouvernement révoquant ce dernier au moment où il va
signer son ordonnance; la Chambre embourbée
dans une enquête entreprise à la légère et destinée
à ne donner jamais de résultat. — Ne vivons-nous
pas à la cour du légendaire roi Pétaud ou n'assis-
tons-nous pas à une nouvelle confusion de la tour
de Babel.

De cette anarchie, de cette incohérence des
pouvoirs, le pays commence à se rendre compte.
Le peuple français, celui qui a peut-être eu plus que
tout autre le respect de l'autorité, pour qui l'uniforme du général, l'habit brodé du préfet, la toge

du magistrat, jusqu'à l'écharpe du maire, a eu si
longtemps du prestige, le peuple français est en
train de perdre le peu de considération qu'il con-
servait encore pour les citoyens investis de fonctions publiques. — Que voulez-vous, il en a tant vu,
depuis le Quatre-Septembre, de ces administrateurs
arrivant à l'hôtel de la préfecture avec leur mince
bagage de politiciens besoigneux, puis disparais-
sant un beau jour comme ils étaient venus, après
avoir ouvert leurs cabinets à tous les dénonciateurs
et fermé leurs salons, où ce qu'on appelait jadis la
bonne société n'aurait jamais voulu mettre les pieds ;
il en a tant vu de ces magistrats du parquet improvisés portant gauchement leur robe trop neuve et
gardant aux audiences un éloquent silence ; il en a
tant vu de fonctionnaires de tout ordre fiers devant
le contribuable, tremblants et obséquieux vis-à-vis
du député ou même de l'électeur influent ; on lui a
tant dit que l'administration était injuste et tyrannique, la magistrature vénale : il a tant et tant
entendu réclamer l'épuration malgré les épurations
successives, qu'il est arrivé naturellement et logi-
quement à mépriser ceux qui exercent l'autorité
et cette autorité elle-même.

C'était d'ailleurs un résultat fatal. Comment
l'autorité civile voudrait-elle qu'on respectât son

principe, lorsqu'elle ne cesse de faire la guerre aux autres principes sans lesquels ne peut vivre aucune société, principes de l'autorité religieuse, de l'autorité paternelle, de la liberté de conscience. Il n'est que trop facile de démontrer comment à l'heure actuelle tous ces principes sont foulés aux pieds.

La religion catholique étant celle de l'immense majorité des Français, il semblerait n'est-ce pas que l'État, s'il intervenait vis-à-vis d'elle, ne dût avoir d'autre préoccupation que d'assurer son existence et de garantir à l'exercice du culte le respect et la liberté. S'il n'intervenait pas, au moins devrait-il se garder de rien faire pour entraver une religion pratiquée par le plus grand nombre des citoyens. Eh bien, au lieu de cela, ne voyons-nous pas l'État s'ériger en persécuteur des catholiques, essayer d'affamer le clergé par tous les moyens, rêver de dénoncer le concordat et de se soustraire à des engagements librement consentis avec le chef de l'Église? Ne le voyons-nous pas fermer les collèges tenus par des religieux, chasser les aumôniers des lycées, les sœurs des hôpitaux; interdire la sortie des processions dans les rues où circulent librement les cortèges d'histrions et de saltimbanques. Bref, traiter si bien les

fidèles en vaincus, leurs prêtres en parias, que
ceux-ci en sont réduits à aller demander aux pays
protestants une liberté qui n'existe plus dans la
France catholique.

Le principe de l'autorité paternelle, nous avons
vu le cas qu'on en faisait lors de la promulgation
de cette loi sur l'instruction publique qui est venue
contraindre les pères à envoyer, sous des menaces
pénales, leurs enfants à des écoles dont ils réprou-
vent l'enseignement. — Sans doute, les classes
riches trouvent encore à faire donner à leurs fils
et à leurs filles une éducation conforme à leurs
idées; mais le paysan, l'ouvrier, qui aimaient
l'éducation des frères ou des bonnes sœurs, qui
tenaient à ce que leurs enfants apprissent à dire
leurs prières et à réciter le catéchisme, eh bien,
ils devront, sous peine des foudres de M. le juge
de paix, faire apprendre à leurs enfants les manuels
athées de MM. Paul Bert et Compayré.

Cette loi attentatoire au principe de l'autorité
paternelle n'est hélas pas la seule qui porte atteinte
au principe de la liberté. Aujourd'hui, les malades
ne sont plus libres d'être soignés par les religieuses, qu'ils préfèrent à juste titre aux infirmières laïques, les testateurs ne sont plus libres de
créer pour leurs compatriotes des fondations de

bienfaisance si ces fondations sont confiées à des
citoyens portant le costume religieux. Les accusés
ne sont plus libres d'être jugés par leurs pairs,
puisque conservateurs ou catholiques, ils ne doivent trouver dans le jury composé comme il l'est
maintenant, que des adversaires politiques ou des
ennemis de leur religion.

Sans respect pour l'autorité, oublieuse de tous les
principes, notre société semble n'avoir d'autre
ligne de conduite que la subordination des convictions aux intérêts, d'autre but que la satisfaction
des appétits les plus effrénés.

Cela n'est-il pas tout naturel. Quand on ne songe
pas à une autre vie, il faut tirer le meilleur parti
de celle-ci ; quand on n'aspire qu'aux biens matériels, il faut se les procurer à tout prix. La conscience porte à faire ce qui est bien, mais le bien
ne profite pas toujours à son auteur ; on étouffe la
voix de la conscience. L'intérêt conseille de faire
ce qui profite, mais ce qui profite n'est pas toujours
ce qui est bien : n'importe. on prend l'intérêt pour
guide.

Quoi donc, si ce n'est l'intérêt, inspire tous ces
candidats qui dupent l'électeur naïf en lui promet-
tant monts et merveilles. Une fois élus, on sait ce
que deviennent leurs promesses : mais que d'ardeur

et d'émulation chez les députés pour attraper les portefeuilles et les grosses sinécures. Le gouvernement est renversé : on va donc inaugurer un nouveau programme? Point du tout; rien n'est changé. ce sont seulement des affamés las d'attendre à la porte qui ont fait irruption dans la salle et chassé les convives pour s'asseoir à leur place à la table du festin.

Quoi donc. si ce n'est l'intérêt. guide tous ces fonctionnaires flairant d'où vient le vent, saluant à cent pas le favori du pouvoir. baissant la tête et rasant les murs pour ne pas reconnaître le protecteur d'autrefois devenu compromettant, se cachant pour entrer dans une église s'ils ont conservé des sentiments religieux. disgraciant les subalternes de mérite suspects à la Préfecture, tremblant devant les employés incapables ou malhonnêtes. agréables au cabaret électoral: en un mot, prêts à toutes les bassesses pour rester en place, à tous les tripotages et à toutes les compromissions pour obtenir le bienheureux avancement.

L'intérêt: mais il est partout dans notre société, où la fortune tient lieu de mérite, d'honorabilité, de distinction: où l'or ouvre toutes les portes; où l'intrigue mène aux situations les plus hautes, où tout s'achète. jusqu'aux décorations. où tout se vend, jusqu'à la pureté du passé et l'honneur du nom.

Cette Société a de violents appétits de jouissance et elle les satisfait largement. Comme aux Romains de la décadence, il faut aux Français d'aujourd'hui la bonne chère et les spectacles, *panem et circenses*. — Les établissements où l'on boit et l'on mange, les théâtres, les cafés-concerts, les lieux de plaisir de toute sorte pullulent non seulement dans les grandes villes, mais dans les plus petites, jusque dans les bourgades. Le luxe, sous toutes ses formes, prend des proportions inouïes. On ne veut plus dans sa maison que des meubles de style, on ne porte que des habillements à la dernière mode.

Lorsqu'on parcourt les promenades d'une ville un jour de dimanche, on ne voit que des gens costumés en millionnaires, des enfants vêtus comme ne l'étaient pas autrefois les fils de prince. — Il est vrai que non loin de là, dans certains faubourgs, grouille une populace hâve et déguenillée. Celle-là rêve au jour où, elle aussi, prendra part à la fête, et se leurre en attendant de la somme de jouissances qu'on trouve pour quelques sous à l'assommoir du coin.

Nous n'avons encore jeté qu'un coup d'œil d'ensemble sur le tableau que présente notre société:

nous n'avons embrassé que sa vie du dehors, sa manifestation extérieure; pénétrons maintenant dans sa vie intime et asseyons-nous un instant au foyer de la famille avant d'étudier les individus.

II. — LA FAMILLE

Il faut avoir vécu dans un de ces milieux où les anciennes traditions n'ont pas encore disparu, pour comprendre la signification de ce mot : la famille. — La famille, c'est dans la société, une petite société à part, une réunion d'êtres issus d'une même souche, liés par l'affection, la subordination des enfants au père et à la mère, l'éducation commune des frères et des sœurs, la similitude dans les idées, la solidarité dans les intérêts, l'amour du sol natal, la fierté du nom transmis par les ancêtres. — Ce sentiment qui fait que chez des individus du même sang on unit les joies et les peines, on s'entr'aide dans les besoins, on se groupe et on se recherche dans toute circonstance, s'appelle l'*esprit de famille*. — Heureuses les maisons qui l'ont conservé, heureux les pays où il règne. La forte organisation de la famille, en même temps qu'elle protège les individus, contribue dans une large mesure à la puissance et à la prospérité de la nation.

On ne peut méconnaître qu'en France, depuis le commencement de ce siècle, les liens de famille se soient beaucoup relâchés. Cela tient à des causes nombreuses : Les communications étant plus faciles, on reste moins dans son pays et l'éloignement amène souvent l'indifférence, puis, les situations sont moins stables, on arrive plus vite à la fortune et aux emplois: les membres qui s'élèvent et changent de niveau social ne connaissent bientôt plus leurs parents moins fortunés. La diversité des opinions politiques, la question religieuse sont fréquemment aussi des motifs de désunion.

Mais à toutes ces causes accessoires, il faut ajouter la principale, c'est que de nos jours on a perdu le respect et l'obéissance. Autrefois, le chef de famille était entouré d'une espèce de culte: ses désirs étaient des ordres, chacune de ses paroles faisait loi. — L'aïeul au milieu de ses enfants et de ses petits-enfants était comme un roi au foyer domestique. Ses fils chefs de famille eux-mêmes ne prenaient aucune détermination grave sans le consulter : un différend s'élevait-il entre frères ou cousins, il était pris pour arbitre ; était-il question du choix d'une carrière ou d'un établissement matrimonial, sa voix était prépondérante.

En est-il ainsi aujourd'hui ? Oui certes. il existe encore quelques familles où le précepte divin est observé et où *l'on honore ses père et mère* ; mais combien d'autres hélas. où s'est établi entre parents et enfants un sans-gêne et une familiarité dégradants.

Pénétrons dans ces deux maisons voisines ; c'est l'heure je suppose où la famille est réunie pour le repas du soir.

Ici, le père et la mère, assis en face l'un de l'autre, causent affectueusement de l'emploi de la journée, les enfants, attendant pour parler d'être interrogés, répondent gaîment aux questions qui leur sont adressées sur leurs études, sur leurs camarades ou sur leurs jeux. Désirent-ils d'un plat, ils en demandent poliment et remercient celui qui les a servis. Le repas fini, on passe au salon, et pendant que les petits se couchent, les plus grands prennent un livre d'images ou organisent quelque jeu ; parfois le père fait une lecture

ou la mère se met au piano, puis, vient l'heure de
la prière ; les parents y assistent ; ils vont embrasser chaque enfant dans son lit et lui adressent doucement leurs observations sur la journée écoulée
ainsi que leurs recommandations pour le lendemain. — Dans cette maison, tout est en ordre ; le
mobilier dans sa simplicité, a un air de fraîcheur
et d'élégance ; les vêtements sont d'une propreté,
le linge d'une blancheur qui réjouissent l'œil. Les
physionomies calmes et reposées respirent le bonheur ; on n'entend que des paroles affectueuses,
les réprimandes elles-mêmes sont faites avec douceur. On sent que chacun se trouve bien dans cette
atmosphère. Plus tard, la vie dispersera les jeunes
êtres abrités sous ce toit ; mais ils y reviendront
comme l'oiseau retourne à son nid : ils n'oublieront
jamais, toujours ils aimeront le cher berceau de
leur enfance.

Là, la scène change : devant une table trop
luxueusement chargée, un mari et une femme se
boudent. Monsieur a perdu à la bourse ; madame
a eu des démêlés avec sa couturière ; devant leurs
enfants ils ont échangé des mots aigres. — Ceux-ci
ne se gênent pas pour les imiter ; ils élèvent la
voix, ils se fâchent parce qu'on leur refuse des
friandises, ils se disputent et s'injurient ; le père

essaye de les faire taire, la mère prend leur parti ;
une nouvelle querelle s'élève entre les époux pendant que le tapage redouble. On quitte la table de
méchante humeur. Le mari se rend à son cercle,
la femme à sa toilette ; on se retrouvera plus tard
pour aller dans le monde. Les enfants, pendant ce
temps, sont livrés aux soins de mercenaires qui
leur laissent tout faire pour avoir la paix et leur
passent tous leurs caprices. Dans cette maison-là,
tout sent le désordre des lieux où l'on ne fait que
passer ; la confusion règne partout ; les meubles
sont dérangés, les vêtements mal tenus. On n'entend que des bruits de porte qu'on tape ou d'objets
qu'on brise, des cris et des hurlements ; tout le
vacarme de petits drôles mal élevés dont les
parents n'ont pas le temps de s'occuper. Cette
maison-là ne sera jamais la maison des doux souvenirs, le nid où l'on viendra plus tard chercher
le repos entre les fatigues de la vie.

Il y a aujourd'hui, je le crains, plus de maisons
comme la seconde que comme la première ; il y a
plus de parents qui négligent ou qui gâtent leurs
enfants que de parents qui cherchent à les bien
élever. Nous reviendrons sur cette question lorsque nous traiterons de l'éducation actuelle de la
jeunesse. Ici, nous voulons seulement constater

qu'en ne se faisant pas en général respecter de
leurs enfants en bas-âge, les parents n'ont presque
plus d'autorité sur eux lorsqu'ils grandissent, plus
du tout d'influence lorsqu'ils sont arrivés à l'âge
d'homme. On est effrayé de la façon dont parlent
à leurs pères de jeunes blancs-becs dont la mous-
tache commence à peine à pousser, de la désinvol-
ture et du ton cassant de jeunes filles à qui leurs
mères osent à peine adresser la plus timide obser-
vation. Ces messieurs, lorsqu'ils veulent bien
paraître à la table paternelle s'esquivent après le
dessert sans daigner le plus souvent prendre
congé ; ces demoiselles traînent leurs parents dans
les bals et les y gardent jusqu'au jour si tel est
leur bon plaisir. Toute cette jeunesse traite ses
parents comme jamais ceux-ci n'ont eu l'idée de
traiter les leurs : si la progression continue, quelle
somme d'égards et de respect sera-t-elle en droit
d'attendre de la génération qui naîtra d'elle ?

Dans ce que nous venons de dire, nous avons eu
surtout en vue les classes aisées, celles qui ont
reçu de l'éducation. Si chez elles l'esprit de famille
s'est relâché, il faut malheureusement reconnaître
que dans le peuple qui forme la masse de la nation,
il a subi des atteintes encore plus profondes. C'est
surtout chez l'homme des champs ou chez l'ouvrier

que le vieillard perd toute autorité. Lorsque ses
membres affaiblis se refusent au travail, on le
traite en personnage encombrant, en bouche inutile. S'il a eu le malheur de se dépouiller pour ses
enfants, d'abandonner son bien de son vivant, il
n'y a pas de grossière parole qu'on lui épargne,
pas de mauvais traitement qu'on ne lui inflige,
c'est un véritable paria.

La cupidité, la soif des intérêts qui endurcissent
le cœur pour des vieux parents, suscitent trop souvent aussi entre frères et sœurs les différends et les
procès qui engendrent la haine. On voit hélas bien
des frères ennemis au village. — Que l'entente soit
plus rare qu'autrefois, les divisions plus ordinaires,
j'en vois la preuve notamment dans la dispersion
des familles de cultivateurs. Dans beaucoup de
provinces, par exemple dans le Bourbonnais que
je connais, on avait la coutume de vivre groupés
en *communautés*. Les garçons, en se mariant,
amenaient leurs femmes sous le toit paternel ; et
là, dans des demeures le plus souvent étroites,
trois ou quatre ménages vivaient ensemble, s'en-
tendant fort bien, sous l'autorité des parents à
laquelle ils trouvaient tout simple de se plier
jusque dans l'âge mûr. Depuis quelque temps, sous
l'influence de l'esprit nouveau, les communautés

se disloquent, leur nombre diminue, les jeunes
ménages cherchent fortune de leur côté; et les
pays qui avaient encore gardé des mœurs patriar-
cales seront bientôt à la hauteur de ceux qui ont
secoué toutes les croyances et répudié toutes les
antiques traditions.

Il ne reste déjà plus grand'chose de l'institution
de la famille ; que les idées qui couvent dans les
profondeurs de la société nouvelle aient leur réalisation; que l'union libre remplace le mariage; que
l'héritage soit aboli : que le socialisme triomphe,
et le jour sera venu où le mot famille lui-même ne
présentera plus aucun sens.

III. — LES INDIVIDUS

Bien qu'un des signes distinctifs de la génération actuelle soit le défaut de personnalité et la
rareté des caractères, il est certain qu'en essayant
d'analyser ce qu'on découvre chez ses contemporains et d'indiquer les qualités ou les défauts qui

vous ont le plus frappé dans votre examen, on doit tout d'abord faire des réserves. Aucune règle n'est sans exception, aucun trait ne peut être attribué à la généralité, auquel on ne soit en droit d'opposer des remarques particulières contradictoires. — Certains individus ne ressemblent aucunement au portrait que nous allons essayer de tracer du Français et de la Française de l'an de grâce 1888, nous désirons seulement que le plus grand nombre y soit facilement reconnaissable.

L'homme de nos jours est bien le produit d'une civilisation de longue date et d'une centralisation poussée à l'extrême. Les caractères ont perdu la rudesse primitive mais aussi l'énergie et l'originalité. Les vices sont moins accentués, les qualités moins développées; les passions moins vives font les mœurs plus douces, mais la mollesse et l'indifférence paralysent les efforts généreux. On ne combat plus pour les idées, on se dispute pour les intérêts. L'instruction est répandue plus largement, mais elle a perdu en profondeur ce qu'elle a gagné en étendue. Tout le monde est plus ou moins soldat, mais personne n'a conservé l'esprit militaire; tout le monde s'occupe des affaires publiques, jamais on n'a été plus pauvre en véritables hommes d'État: presque tout le monde sait manier la parole, jamais on n'a eu moins de grands orateurs. A aucune époque on n'a imprimé autant de livres, jamais il n'a paru moins de chefs-d'œuvre. En un mot, il semble que jamais autant d'hommes soient arrivés à un certain niveau et que moins l'aient dépassé. On croirait que l'étoffe de chacun ait été découpée dans la même pièce et taillée à la même mesure. Cette fin de siècle pourrait s'appeler, semble-t-il, *l'ère de l'honnête médiocrité.*

Comme de nos jours, tout le monde est à peu près coulé dans le même moule, le précepte anglais : « The right man in the right place, » chaque homme à la place qui lui convient, n'a aucune raison d'être, chacun se trouvant les aptitudes qui conviennent à toute espèce de place. Qu'on ait quelque protection auprès du gouvernement, on s'improvisera avec la même facilité préfet ou magistrat, trésorier général ou conseiller d'État, ministre plénipotentiaire ou gouverneur civil d'une colonie. La nature des fonctions importe peu; le chiffre des émoluments est tout, et d'ailleurs, on s'en tirera toujours aussi bien que tel ou tel qu'on pourrait nommer. C'est surtout pour les hommes en place de notre temps qu'il est vrai de dire : plus cela change, plus c'est la même chose.

Comment voudrait-on qu'il en fût autrement. Ainsi que nous le verrons bientôt en traitant de l'éducation, on fatigue la mémoire des enfants à retenir les multiples définitions de programmes ayant la prétention de tout embrasser ; on n'a pas le temps d'exercer leur réflexion et de faire travailler leur intelligence ; on en fait des manuels vivants, des espèces de boîtes à musique qui exécutent tel air lorsqu'on appuie sur tel ressort. N'ayant jamais pris qu'une nourriture intellectuelle toute digérée, n'ayant jamais été exercés à penser par eux-mêmes, les jeunes gens n'apportent dans la vie aucune idée personnelle et originale, mais seulement le reflet des idées adoptées par la pédagogie du jour. Par conséquent, la convention est substituée à l'individualité, une vague aptitude à tout remplace les connaissances spéciales : si chacun est mis à même de réussir médiocrement dans tous les genres, presque personne n'est en état de se signaler dans aucun.

Cette habitude contractée de recevoir les impulsions extérieures et de se laisser aller au courant enlève aux caractères tout ressort et toute énergie. On devient incapable d'élans généreux ; le dévouement, fruit des convictions ardentes, fait place à l'égoïsme qu'engendre l'indifférence ; le scepticisme, qui paralyse les efforts, détrône la foi qui enfante les prodiges.

La jeunesse d'autrefois avait assurément ses défauts: elle était souvent turbulente et frondeuse : elle aimait les manifestations bruyantes et ne craignait pas les disputes. Les professeurs voyaient parfois la révolte gronder autour de leurs chaires, les boutiquiers avaient de temps en temps leurs enseignes décrochées, et il arrivait aux bourgeois paisibles d'être réveillés la nuit par des sonnettes mises en branle et des carreaux cassés à coups de pierres. — Dans les villes universitaires, il n'était pas rare qu'on en vint aux mains entre étudiants et ouvriers; on échangeait des coups de poing et des coups de trique; la police devait intervenir et la gendarmerie montrait ses tricornes.

Mais il fallait voir cette même jeunesse se presser aux leçons des professeurs en renom, se suspendre aux lèvres des orateurs politiques et des maîtres du barreau, des de Serre ou des Martignac, des Berryer ou des Dupin. Il fallait la voir faire queue une demi-journée et se passer de dîner pour assister à une première de Dumas ou de Victor Hugo. Avec quelle ardeur, dans les cercles d'étudiants, on discutait les questions politiques; avec quelle passion on s'occupait de littérature ou d'art. Quels brillants tournois entre légitimistes et libéraux, classiques ou romantiques. Alors on se laissait doucement bercer par l'harmonie du vers de Lamartine : on vibrait aux accords de la lyre de Musset, suaves comme le chant des anges, douloureux comme les sanglots de l'humanité ; alors, avec le chantre de la *Légende des Siècles,* on aimait à parcourir le cycle des grandes épopées et à laisser son esprit galoper en croupe des paladins héroïques et des chevaliers redresseurs de torts.

Les jeunes gens d'aujourd'hui n'ont pas l'enthousiasme aussi facile. Ce sont des personnages graves, posés et parfaitement raisonnables. La poésie les laisse froids, et nulle éloquence ne vaut pour eux l'éloquence des chiffres. Si l'on étudie, il faut que l'étude rapporte et mène le plus tôt possible à une situation lucrative. Rester jeunes quelques années serait du temps perdu ; aussi, se hâte-t-on de poser pour l'homme blasé et sans illusions. A vingt ans, on ne courtise plus les grisettes comme les héros de Murger, on entretient une fille, comme les vieux libertins. On ne se livre plus en plein soleil à de joyeuses folies, on s'assied dans son cercle à une table de baccarat. A la fin du souper, plus de gaies chansons, d'éclats de rire partant comme des fusées, mais de froides dissertations sur le cours de la bourse ou sur les mérites respectifs des chevaux qui doivent courir le lendemain à Longchamps ou à Chantilly.

Avec les modes anglaises, les hommes ont tous pris un air sérieux et ennuyé; on dirait qu'il n'y a plus une goutte de vieux sang gaulois dans leurs veines. L'ancienne *furia francese* fait place à l'indifférence saxonne. Rien n'échauffe, rien ne passionne plus; on refoule toute manifestation de ses impressions et l'on regarde ses voisins pour ne rien faire ni ne rien dire qui heurte la convention.

Ce culte du convenu fait du peuple français le peuple le plus moutonnier de la terre. Paris, qui envoie tous les jours à la province ses opinions, ses modes et son jargon, Paris reçoit lui-même le ton d'entrepreneurs de réclames d'étrangers excentriques, voire même de cabotins. Paris adopte une idole, l'élève aujourd'hui sur un piédestal, la renverse demain sans savoir pourquoi. Paris se passionne pour le cheval noir d'un général; demandez ce que ce général a fait pour devenir tout à coup populaire, on ne pourra rien vous répondre. Paris reprend en chœur le refrain qu'un chanteur de café-concert a mis à la mode; demandez ce que cette chanson a de spirituel, on sera bien embarrassé pour vous le dire. Vous entendez jargonner, des mots appartenant à une langue étrangère, à moins qu'ils ne fassent partie d'aucun idiome connu : la plupart de ceux qui les prononcent n'en connaissent pas même le sens.

C'est étonnant tout ce qu'on fait accroire à ce peuple parisien, le plus spirituel de la terre; il suffit que la plus grosse bourde soit imprimée dans un journal pour devenir parole d'Évangile; il suffit qu'on vienne de loin et qu'on ait un accent étranger pour faire si l'on veut des milliers de dupes. Paris est la terre promise des tripoteurs d'affaires véreuses, des joueurs aux cartes biseautées, des aventuriers au nom exotique, des escrocs et des charlatans de tout genre.

Est-ce donc que ce peuple-là soit décidément plus bête qu'un autre? Tout au contraire. Seulement, cela l'ennuie de penser et de réfléchir; il aime à recevoir ses idées et ses opinions toutes faites; il veut qu'on lui signale ce qu'il doit adopter ou proscrire, siffler ou applaudir; il a soif d'être mené et dominé, ce peuple-roi qui a tant dominé les autres.

Aujourd'hui, veut-on savoir ce qui règne à Paris? Demandez à qui appartient cet hôtel magnifique, quel est le propriétaire de cet équipage dont les chevaux de pur sang descendent de leur trot

cadencé l'avenue des Champs-Élysées ; quelles
sont ces femmes toutes constellées de diamants,
trônant dans cette avant-scène à l'Opéra ; demandez
qui a donné cette fête dont tous les journaux ont
parlé ? Toujours un nom étranger résonnera à
votre oreille. Étrangers aussi, les noms des plus
riches banquiers, des fournisseurs du hig-life, du
tailleur à la mode, de la couturière en renom.

Dès longtemps, la grande capitale a prodigué
son hospitalité légendaire aux citoyens de tous les
pays. Mais autrefois les étrangers venaient prendre
des leçons, maintenant ils en donnent ; jadis ils
venaient pour admirer, aujourd'hui ils cherchent
à éblouir.

C'est un fâcheux symptôme chez une nation, que
cette facilité à subir l'influence des autres peuples.
Cela n'indique pas une hausse dans les sentiments
patriotiques. Jamais on n'a tant abusé du mot de
patriotisme que depuis quelques années, jamais on
ne l'a plus mal compris. — Il y a des sociétés qui
font du patriotisme un monopole, des citoyens qui
s'intitulent patriotes de profession, sans réfléchir
que le brevet qu'ils se décernent à eux-mêmes est
une insulte à leurs concitoyens, puisque pas un
Français ne devrait être suspecté de ne pas aimer
sa patrie.

Pour moi, je me défie des rodomontades et des manifestations bruyantes: lorsque le jour viendra où la France aura besoin des bras de ses enfants, on verra, comme on l'a d'jà vu, que les actes ne répondent pas toujours aux paroles, et que ceux qui font leur devoir en silence sont souvent ceux qui font le plus largement leur devoir.

J'aime à croire que les sentiments patriotiques ne sont pas morts en France et j'espère qu'au jour du danger nous assisterions à un de ces réveils où un peuple trouve sa régénération et son salut. Mais on ne peut nier, à mon avis, que le patriotisme sommeille, allangui par une atmosphère de scepticisme, de bien-être et de jouissance. L'amour du pays est une croyance et, comme toutes les croyances, il implique l'abnégation et le dévouement poussés jusqu'au sacrifice. Sont-ils bien nombreux autour de nous, les hommes prêts à se sacrifier? Certains qui, dans un moment d'enthousiasme, donneraient généreusement leur vie, seraient-ils prêts à abandonner leur bien-être, leurs plaisirs, à renoncer au luxe, aux jouissances, aux douces habitudes de mollesse; à endurcir leur corps, à le rompre à la fatigue, à l'habituer à la frugalité ; à plier leurs âmes à l'obéissance, à la patience, au respect de la discipline ?

Hélas ! combien pourraient répondre qu'ils sont prêts ?

Je disais qu'en France, où tout le monde est soldat, peu d'hommes ont l'esprit militaire. J'en excepte, bien entendu, cette vaillante phalange de nos officiers, qui travaille avec tant d'ardeur à développer l'instruction et l'amour du drapeau dans la multitude d'hommes qui passent successivement sous leurs ordres. Mais, je ne crois pas que ces officiers doivent me démentir lorsque je dis que l'amour du régiment, la facilité à se plier à la discipline, la fierté de porter l'uniforme, l'esprit militaire, en un mot, sont singulièrement affaiblis. — La plupart des soldats considèrent leur passage au service comme une épreuve. Dès le jour de leur arrivée à la caserne, ils pensent continuellement à celui où ils la quitteront. Ce qu'on leur fait faire ne les intéresse pas ; ils n'ont pas le goût du métier. Deviennent-ils sous-officiers, le jour venu, ils déposent avec joie leurs galons pour reprendre leurs blouses ou leurs bourgerons : il faut augmenter leur bien-être et leur faire de magnifiques avantages si l'on veut en retenir quelques-uns au corps. Est-ce donc qu'on soit si mal au régiment, la vie y est-elle si dure, l'ordinaire si mauvais ? Point du tout. La plupart des soldats mangent

mieux, travaillent moins, sont mieux vêtus, mieux
couchés que chez eux. Qu'importe, ils se trouvent
mal parce qu'il y a une discipline à observer, des
habitudes régulières à prendre, des chefs à respecter. Cela gêne et, de nos jours, on n'aime pas ce
qui gêne.

Si encore l'impatience du joug était l'amour de
la liberté! Mais, bien que le mot de *liberté* soit
écrit sur tous nos monuments, bien qu'il soit sans
cesse dans toutes les bouches, je crois que le
nombre n'est pas grand des amis de la liberté
véritable.

On n'a le droit de s'intituler libéral que si l'on
veut pour tous la même liberté que pour soi-même.
Or, si chacun veut pour soi la plus grande somme
de liberté possible, la plupart trouvent tout naturel
qu'on entreprenne sur la liberté du voisin. Le parti
qui arrive au pouvoir s'empresse de refuser au
parti vaincu les libertés qu'il ne cessait de réclamer
lorsqu'il était dans l'opposition; le libre-penseur,
qu'on laisse maître de ne croire à rien, ne consent
pas à laisser les croyants libres de pratiquer ce
qu'ils croient; les partisans de l'éducation laïque,
qui ont toute facilité de faire donner cette éducation
à leurs enfants, multiplient leurs efforts pour
empêcher d'instruire religieusement les enfants

des partisans de l'éducation religieuse. Les malades qui préfèrent les sœurs aux infirmières ne sont pas libres de conserver les sœurs si le costume de celles-ci déplait à quelques conseillers municipaux. Allez dans n'importe quelle réunion publique et faites entendre des paroles peu agréables à la majorité, vous verrez comme on respectera en votre personne la liberté de la tribune.

Non, la preuve que l'idée de liberté est encore mal connue et peu développée en France, c'est que des minorités infimes ont toujours facilement mené et opprimé la masse des citoyens. Qu'une poignée d'émeutiers fassent une révolution, comme en 1848; qu'un coup d'État improvise la dictature, comme au 18 brumaire ou au 2 décembre, il se trouvera le lendemain une majorité formidable pour ratifier le fait accompli. Que le pouvoir soit sage ou désordonné, débonnaire ou tyrannique, il aura pour lui les masses, parce qu'il sera le pouvoir; on ira à lui parce qu'on aime à se ranger du côté du manche. Que ce pouvoir distribue les faveurs d'un côté, les rigueurs de l'autre; qu'il persécute telle ou telle catégorie de citoyens; pourvu que ces catégories soient les moins nombreuses, il n'aura rien à craindre; ses seuls ennemis seront ceux qu'il aura frappés; nul ne sera détaché de lui par le spectacle de l'oppression du voisin.

C'est pour cela que je dis que le Français du xix° siècle, malgré 1789 et l'abus du *mot de liberté,* n'a pas encore l'amour de *la chose.*

Pour nous résumer, nous dirons que les traits qui nous ont le plus frappés dans l'examen de nos contemporains, sont : la rareté des caractères et le défaut d'individualité, le peu de variété dans le développement des aptitudes, la facilité avec laquelle on se laisse conduire et on accepte les opinions toutes faites; l'horreur de la gêne et, comme conséquence, l'absence d'esprit militaire; l'amour de la vie facile, du luxe et du bien-être et, par suite, l'énervement des corps et des âmes, l'oubli de ce que représentent les mots de devoir, de sacrifice et de liberté.

Il semble que ce que nous disons du Français contemporain puisse se dire également de la Française, puisque, vivant comme ils le font de la même vie, les idées et les habitudes des uns et des autres doivent beaucoup se ressembler. Les filles, comme les fils, suivent les exemples des parents, les époux exercent l'un sur l'autre une mutuelle influence; par conséquent, les hommes et les femmes de la même époque devraient avoir des qualités et des défauts communs, et la valeur de celles-ci devrait être en proportion de la valeur de ceux-là.

Eh bien, cette proportion peut n'être pas toujours absolument vraie. Le genre de vie et d'éducation des femmes varie moins que celui des hommes, et le niveau moral ou intellectuel des derniers pourra monter ou descendre sans que celui des premières ait sensiblement changé. L'homme reçoit, suivant les tendances du jour, une éducation qui développe plus ou moins le corps ou l'esprit, qui fait une part plus ou moins large aux sciences ou aux lettres. Jusqu'ici, la femme a toujours à peu près été instruite de la même manière. L'enseignement donné à l'homme est tantôt religieux, tantôt matérialiste. Jusqu'à ce jour, la religion est restée, grâce à Dieu, la base de l'enseignement de la femme. On a fait à l'homme la vie tantôt dure, tantôt douce; aujourd'hui, il supporte stoïquement la douleur et les privations, demain il ne peut tolérer la moindre gêne. La femme ne passe point par de pareilles alternatives. La plus grande délicatesse de sa constitution lui a toujours valu certains ménagements; mais, d'autre part, les fonctions de la maternité ne lui permettent pas de se déshabituer de la fatigue et de la souffrance.

A cause de tout cela, la femme change beaucoup

moins que l'homme, et si sa valeur diminue un peu, on peut affirmer que celle de l'homme a singulièrement baissé.

Si nous comparons les femmes de cette génération à celles des générations précédentes, à part la classe élevée, dont nous aurons à nous occuper spécialement, nous ne voyons pas de bien grandes différences à signaler. Sauf un peu plus de luxe dans les ajustements des jours de fête, les femmes des paysans, des ouvriers et du petit commerce continuent à être en général les bonnes mères de famille, les ménagères entendues et laborieuses qu'ont été leurs mères et leurs aïeules. Elles persistent à fréquenter les églises même là ou les hommes en ont oublié le chemin; elles ne laissent pas chômer leurs doigts une minute pendant les longues heures que leurs maris passent au cabaret. Plus instruites que leurs seigneurs et maîtres, quoique ceux-ci en puissent penser, ce sont elles qui le plus souvent font les comptes et tiennent la correspondance. Elle sont la tête et la providence dans le ménage; elles seules s'occupent sérieusement des enfants, veillent sur leur santé et leur éducation. Beaucoup exercent encore sur leurs maris une heureuse influence, et, toutes les fois que vous voyez un ouvrier ou un paysan rangé,

travailleur, honnête et consciencieux, vous pouvez
vous dire presque à coup sûr que celui-là a une
bonne femme. Malheureusement, hélas! les bonnes
femmes n'ont pas toutes de bons maris; sans cela,
on verrait moins de foyers sans feu, de huches
sans pain, d'enfants en haillons et de mères en
larmes.

Lorsqu'on remonte l'échelle sociale, on voit
poindre chez la femme et on remarque davantage,
à mesure qu'on s'élève, des tendances et des habitudes qui, tout en étant déjà un danger pour le
présent, constituent à un plus haut degré encore
une menace pour l'avenir.

Dès qu'elles ont reçu une éducation un peu au-
dessus de celle qu'on distribue à l'école primaire,
dès que la position de leur mari les met en contact
avec des personnes plus riches qu'elles, les femmes
tendent à copier ces personnes et n'ont pas de plus
vif désir que celui de les égaler par leur mise et
par la tenue de leur maison. Cette tendance amène
à se créer des besoins au-dessus de ses ressources,
à absorber toutes ses facultés dans des combinai-
sons et des expédients d'un ordre purement
matériel, à négliger le nécessaire pour le superflu,
le solide pour la futilité. Il en résulte la gêne dans
le ménage, les tiraillements entre époux, la négli-

gence ou la mauvaise direction dans l'éducation des enfants.

Les femmes ont leur large part de responsabilité dans cette manie de *paraître* qui règne aujourd'hui plus qu'à aucune autre époque. Ce sont elles surtout qui tiennent à être mises à la dernière mode, à avoir un ameublement dans le goût du jour, à promener des enfants parés comme des châsses.

Pénétrez un jour de réception chez madame ***, dans ce salon tendu d'étoffes savamment combinées; le tapis est moëlleux, les sièges confortables; les meubles ont tous de la prétention au style, les bibelots encombrent les étagères, les fleurs de Nice, répandues dans des vases de toutes formes, exhalent leur parfum pénétrant. Enfoncée dans sa causeuse, au coin du feu, la maîtresse de la maison porte une fraîche toilette dont vous avez pu voir le modèle dans le dernier numéro de la *Mode illustrée*. Voilà, pensez-vous, une maison bien tenue; tout y indique l'aisance, les habitudes larges et faciles. Vous enviez le sort des heureux maîtres du logis. — Que diriez-vous si vous pouviez voir à côté du brillant salon des pièces nues et en désordre, à peine garnies des objets les plus indispensables. Si vous surpreniez le matin la belle

maîtresse de maison, les cheveux ébouriffés,
drapée dans une robe de chambre fanée, promenant
elle-même le balai dans le salon, où l'on n'entre
pas en dehors du fameux jour, et suppléant comme
elle peut à l'insuffisance du service de l'unique
bonne à tout faire.

Combien y en a-t-il, d'intérieurs pareil à celui
que je viens de décrire! On a dans le ménage des
revenus modestes; en vivant simplement, on
pourrait avoir une mise propre, une installation
décente, une nourriture saine et abondante. Au
bout de l'année, on mettrait encore quelques
billets de cent francs en réserve pour l'avenir. Au
lieu de cela, on préfère éblouir ses connaissances,
faire parade de son faux luxe, se priver du nécessaire et du confortable de tous les jours pour jouer
de temps en temps aux grands seigneurs. On se
donne une peine effroyable pour joindre les deux
bouts; on n'y arrive pas toujours, et plus tard, s'il
survient une maladie, si le mari perd sa place, si
un héritage qu'on escomptait vous échappe, on n'a
plus d'autre perspective que la misère.

Eh bien, je le répète, dans ces existences mal
comprises et mal ordonnées, les femmes ont la
plus grande part de responsabilité. Bien des
hommes préféreraient une simple chambre com-

mode et bien chauffée au salon somptueux où ils
n'entrent jamais. Beaucoup préféreraient voir
porter tout le jour à leur femme une robe de laine
bien propre plutôt que cette toilette d'apparat
qu'on se hâte de quitter dès que les visiteurs sont
partis. Beaucoup aimeraient mieux passer leur
soirée au coin du feu, après un bon dîner, que
d'aller à ce bal où, pour paraître vêtus comme tout
le monde, il faut pendant des mois réduire sur
l'ordinaire de chaque jour. Mais Madame tient à
faire figure dans le monde, elle préfère l'apparence
à la réalité, et les quelques instants où elle se sent
parée, élégante, enviée, la paient de longs jours
de privations, d'économies forcées et de besognes
ingrates. Qu'importe les longues semaines passées
à l'état de chrysalide, pourvu qu'à certaines heures
elle se réveille papillon.

A la gêne et au défaut d'équilibre dans l'existence qu'entraînent pour les femmes qui veulent
s'élever au-dessus de leur sphère, l'amour du luxe
et le désir de paraître, se joignent d'autres inconvé-
nients auxquels n'échappent pas davantage celles
à qui leur fortune semble permettre la satisfaction
de tous leurs caprices.

Du temps de nos mères, on achetait après son
mariage un mobilier plus ou moins luxueux,

4

suivant sa fortune, et on ne le renouvelait pas. On mettait dans la corbeille des bijoux de famille, un cachemire et quelques robes de soie ou de velours qui duraient à peu près toute la vie. Dégagées de ces questions d'ameublement et de toilette où se noient les femmes d'aujourd'hui, les femmes d'autrefois avaient le temps de meubler leur esprit et d'acquérir les agréments qui faisaient tant apprécier et rechercher leur société. Nos mères, avec leurs parures rarement renouvelées, allaient pourtant dans le monde. Dans les salons, où elles entraient avec cette aisance que donne seule une longue habitude, elles savaient grouper autour d'elles et y retenir par le charme de leur conversation les hommes les plus instruits et les plus éminents. On les voyait s'intéresser à toutes les questions d'art et de littérature, et si le hasard amenait sur le terrain de la conversation la politique ou même la philosophie, elles n'étaient pas effarouchées pour autant, et souvent la spontanéité de leurs réflexions, la finesse de leurs aperçus amenaient un sourire d'approbation sur les lèvres des plus graves interlocuteurs.

J'ai encore vu, je rencontre parfois encore, et avec quel indicible plaisir, de ces aimables douairières qui ont été la grâce et la vie de quelque salon d'autrefois. Que peuvent-elles penser, hélas. de nos salons d'aujourd'hui où les hommes, massés autour d'une table de jeu ou empilés dans une embrasure de porte, essaient de tromper leur ennui par quelque histoire de chasse ou de cercle, tandis que les femmes, alignées sur leurs sièges, traitent des questions de chiffons ou de domestiques, en supputant du coin de l'œil ce qu'a bien pu coûter la toilette de leur voisine.

Pourquoi observe-t-on aujourd'hui dans les réunions cette séparation des sexes? N'est-ce point parce que les goûts, les idées, la tournure de l'esprit, qui étaient communs, sont arrivés à être différents; parce qu'on ne s'entend plus, qu'on ne parle plus la même langue. Certes si les hommes ont à peu près perdu l'habitude de rendre des visites, si après dîner ils se retirent au fumoir et abandonnent les dames pendant presque toute la soirée, ils sont coupables et très coupables: mais n'ont-ils aucune excuse? Les femmes paraissent-elles s'apercevoir de leur absence, font-elles quelques efforts pour les retenir?

Non; ce qu'on observe dans le monde n'est qu'un symptôme, une indication de la tendance qui s'est établie et qui va toujours en s'accentuant. L'homme et la femme se sont fait des vies parallèles; les

occupations, les plaisirs, les idées, rien n'est
commun. On se rencontre à certaines heures du
jour dans les ménages, on échange des banalités,
on se fait bon visage ; on se querelle peut-être
même moins qu'autrefois : je le crois bien, on a si
peu de points de contact. Mais rien de ce qui intéresse l'un n'intéresse l'autre. La femme a un mari
fonctionnaire : elle ne s'est jamais demandé en
quoi consistaient ses fonctions ; écrivain, elle n'a
pas même lu ses ouvrages ; professeur, qu'il n'aille
pas lui dire un mot de ces choses ennuyeuses qu'il
enseigne à ses élèves. Est-il chasseur ou amateur
de sport, c'est pour le coup qu'il sera bien reçu, s'il
vient à l'entretenir de ses chiens ou de ses chevaux.
En revanche, le mari bâille à la description d'une
toilette et reste absolument froid lorsqu'on lui
vante les beautés d'un bahut renaissance ou d'un
cartel Louis XIV.

Eh bien, ce mari et cette femme-là ont tort tous
les deux. S'ils étaient tendrement unis, rien de ce
qui intéresse l'un ne serait indifférent à l'autre.
La femme ne trouverait pas de sujets de conversation trop sérieux, le mari aurait du plaisir à suivre
sa femme dans les moindres détails de son rôle de
maîtresse de maison. Chacun aimerait à pénétrer
profondément dans la vie de l'autre, ou plutôt on

n'aurait à deux qu'une seule et même vie. Il en est ainsi dans les ménages où l'on s'aime. Pourquoi donc, hélas, ces ménages-là ne sont-ils pas plus communs?

Cette question nous amène tout naturellement à nous demander comment se font les mariages de nos jours.

Il y a quelques années, j'ai été frappé d'entendre un des plus éminents orateurs de la chaire chrétienne développer cette idée que la principale plaie de la Société moderne venait de la façon dont était contractée l'union de l'homme et de la femme. Les mariages ne se font pas, disait-il, ils se font mal, ils n'engendrent pas une nombreuse postérité. Chacun de ces points était établi par des arguments sans réplique, mis en lumière par la peinture frappante de ce qu'on a cent fois observé. A chaque parole de l'orateur, il semblait entendre s'élever en soi une voix intérieure disant : Oui, c'est bien la vérité.

Le mariage étant l'action la plus importante de la vie, celle d'où dépend le plus sûrement le bonheur ou le malheur à venir, doit être préparé par les plus sérieuses réflexions, décidé par des considérations de l'ordre le plus élevé. Or, examinons un peu comment se disposent à cet acte si grave les jeunes gens et les jeunes filles.

Les premiers, jaloux de leur indépendance, amateurs de plaisirs faciles, ennemis de la gêne et des devoirs austères, relèguent le mariage dans une perspective lointaine et le considèrent comme un port où il sera temps d'aborder lorsque la lassitude, le désenchantement et la perte des illusions indiqueront que l'heure du repos a enfin sonné.

Les secondes, au contraire, songent sans cesse à cet événement qui doit leur ouvrir les portes d'une existence inconnue, qui substituera à la dépendance et à la contrainte dans lesquelles on les tient, une liberté et une royauté dont elles caressent d'avance la douceur. Elles espèrent de cette initiation la satisfaction de toutes leurs curiosités, la réalisation de tous leurs rêves.

Pour elles, le mariage est un commencement quand il est trop souvent une fin pour celui qui les épouse. De là, un premier et irréparable malentendu.

Ce n'est malheureusement pas le seul : la jeune fille arrive au mariage, avons-nous dit, avec le désir, fort naturel au fond, de jouir de tout ce qui lui a été interdit jusque-là. Elle compte bien

augmenter la richesse de sa mise, parer son intérieur d'objets à sa fantaisie. Pourquoi se refuserait-
elle le luxe des voyages, pourquoi ne fréquenterait-
elle pas ces théâtres à peine entrevus. Et puis, elle
aura tant à sortir, à courir seule tous ces magasins
où elle n'entrait qu'accompagnée. Faudra-t-il donc
aller à pied? Mais telle ou telle de ses amies a sa
voiture, et c'est si bon de regarder les passants,
mollement assise sur les coussins capitonnés d'un
coupé.

Mon Dieu, tous ces goûts sont fort compréhen-
sibles, mais malheureusement aussi fort dispendieux ; si dispendieux que bien des hommes à qui
leurs revenus permettent de mener une existence
large et facile, calculant l'excès de dépenses qu'une
femme apporterait dans leur budget, reculent
épouvantés ou ne se décident à faire le pas décisif
que si la demoiselle est accompagnée d'une dot
d'un chiffre tout à fait rassurant.

Conclusion : La jeune fille plus riche de qualités
que d'écus aurait besoin qu'un mari lui apportât
ce qu'il faudrait pour réaliser le petit idéal qu'elle
s'est forgé. Le jeune homme, effrayé de ce qu'une
femme entraîne de dépenses dans un intérieur, lui
demande avant tout une grosse dot. Second malentendu. Celui-là est cause que beaucoup d'hommes

meurent dans la peau de célibataires endurcis et
que beaucoup de filles coiffent sainte Catherine
sans avoir le moindre goût pour cette coiffure-là.

Autre source de déception : Monsieur a pensé
qu'il trouverait dans son nouvel intérieur une
douce béatitude, un calme et un repos qui feraient
un agréable contraste avec son existence passée;
il s'est dit qu'il n'aurait qu'à se laisser vivre, bien
soigné et bien dorlotté, à l'abri des tracas et de
l'agitation. Madame s'est imaginé, de son côté,
une existence couleur de rose, passée dans un nid
bien coquet, où elle serait reine et maîtresse, avec
un mari à ses pieds occupé à prévoir ses moindres
désirs et à satisfaire tous ses caprices. Elle a peut-
être rêvé aussi d'un beau bébé joufflu qu'elle
couvrirait de dentelles et qui lui sourirait, sauté
sur les bras d'une robuste nourrice bourgui-
gnonne. Comment, avec la sainte ignorance où on
l'a tenue, se serait-elle fait une autre idée des
devoirs, des fatigues, et des soins incessants qui
sont le cortège de la maternité.

La venue du premier enfant, qui est pour les
époux sérieusement unis une bénédiction et une
cause de redoublement d'affection, amène trop
souvent chez ceux que l'intérêt ou le caprice ont
seuls rapprochés, le relâchement et l'abandon des

habitudes de vie commune. Madame, obligée de rompre pour un instant avec l'existence de son goût, fatiguée par les épreuves auxquelles elle est soumise, fait porter à son mari le poids de sa mauvaise humeur. Monsieur, qui ne peut supporter dans son égoïsme ni les cris de son enfant, ni les plaintes de sa femme, reprend peu à peu le chemin de son cercle et ses anciennes habitudes. Voilà un ménage moralement séparé: celui-là n'aura pas une bien nombreuse progéniture.

Nous n'assisterions pas à ce triste spectacle si ceux qui se marient, persuadés qu'ils vont inaugurer une vie de devoir, de dévouement et de sacrifice, apportaient à l'autel cet amour désintéressé qui rend le devoir aisé, le dévouement naturel, et qui jusque dans le sacrifice sait trouver encore des douceurs. — Si au moment où le prêtre bénit leurs fronts inclinés, les époux ressentaient dans leurs âmes la même foi et la même espérance, la même fierté de s'appartenir, la même ardeur de se consacrer au bonheur l'un de l'autre; s'ils demandaient à Dieu, d'un même élan, de protéger le foyer qu'ils fondent et la postérité qu'ils attendent de sa grâce; l'œil se reposerait plus souvent sur ces unions tendres et fortes qui consolent des misères humaines et qui sont bien l'expression du plus grand bonheur que le ciel ait laissé à la terre.

Je connais, grâce à Dieu, de ces unions-là dans mon horizon. Je suis heureux de constater qu'elles sont même assez fréquentes, et je ne veux pas faire mon siècle plus mauvais qu'il n'est.

Les épreuves de ces derniers temps, les troubles de notre état social, l'incertitude du présent et les menaces de l'avenir, ont ouvert les yeux de bien des gens. Dans une certaine classe de la société, on a commencé à faire des retours sur soi-même, et cette classe qui a donné jadis le mauvais exemple est celle où l'esprit de famille, la moralité, l'union des époux, les soins donnés aux enfants, loin de décroître, paraissent au contraire en voie de relèvement. Mais cette tendance, encore trop faible dans une fraction trop peu nombreuse de la société, n'enlève pas au tableau que j'ai tracé son caractère de ressemblance.

Maintenant que j'ai essayé d'embrasser, au moins dans ses traits principaux, la physionomie de la génération actuelle, je suis amené à m'occuper de celle qui lui succédera sur la scène du monde, et je vais examiner l'éducation que reçoivent aujourd'hui nos enfants, qui seront les hommes de demain.

ÉDUCATION

DE

La Génération de Demain

Jamais on n'a tant parlé qu'aujourd'hui de l'éducation de la jeunesse. Une loi récente a déclaré l'instruction obligatoire. Dans les villes et dans les hameaux, sont sorties de terre comme par enchantement des écoles somptueuses, dont quelques-unes atteignent les proportions de véritables palais. Pour satisfaire cette fièvre qui a gagné les régions du pouvoir, l'État s'est imposé des charges écrasantes, le désarroi a été jeté pour bien des années dans nombre de budgets communaux. — Du haut en bas de l'enseignement, les programmes ont été remaniés, les méthodes transformées. On ne reprochera pas à la génération contemporaine de ne pas s'occuper de l'enfance. Mais s'en occupe-t-elle d'une façon salutaire et profitable? Nous allons nous le demander en étudiant la façon dont est donnée l'éducation dans le peuple, dans la classe moyenne, enfin, dans la classe élevée qui est, ou plutôt devrait être, la classe dirigeante.

I. — PEUPLE

Nous laisserons d'abord de côté la catégorie des parents qui n'élèvent pas du tout leurs enfants.

Il y a, et le nombre en est grand, de malheureux petits êtres abandonnés à eux-mêmes ou exploités dès leur bas-âge comme des bêtes de somme. Ceux-là n'ont jamais connu les soins et les caresses d'une mère; des injures et des coups, voilà tout ce qu'ils ont trouvé au logis; les mots de devoir et de vertu leur sont inconnus; le nom même de Dieu n'a jamais frappé leurs oreilles. — Ces enfants-là, mieux eut valu qu'ils ne fussent pas venus au monde, car, à moins de circonstances tout à fait exceptionnelles, d'un hasard vraiment providentiel, ils sont inévitablement destinés à devenir des ennemis de la société, des vagabonds ou des mal-faiteurs.

Détournons-nous de ce triste spectacle pour nous occuper des parents qui remplissent d'une façon plus ou moins complète le devoir d'élever ceux à qui ils ont donné l'existence.

Les ouvriers des villes envoient assez volontiers leurs enfants à l'école. C'est une manière de se débarrasser d'eux à un âge où ils ne seraient pas encore en état de gagner de salaire; et puis, dans les grands centres, on comprend trop l'utilité de l'instruction pour vouloir que ses enfants en soient privés.

Les paysans, moins frappés de la nécessité des études, ayant plus de facilités pour utiliser de bonne heure les services de leurs enfants, surtout au moment des grands travaux, se font quelquefois encore tirer l'oreille pour les envoyer en classe. Mais cette résistance tend graduellement à disparaître, et l'on peut dire dès à présent que la grande généralité des enfants passe par les mains de l'instituteur.

Malheureusement, si la fréquentation de l'école primaire empêche les petits garçons et les petites filles d'être absolument illettrés, il s'en faut de beaucoup qu'elle leur procure une *éducation* suffisante. Savoir lire et écrire, un peu compter, n'être pas trop brouillé avec l'orthographe, c'est bien;

mais ce n'est point assez, si l'on n'a appris en même temps ces principes d'honnêteté, de droiture, d'amour du devoir sans lesquels il n'y a pas d'éducation véritable.

C'est une erreur trop commune de la part des parents que celle de croire qu'ils ont tout fait pour leurs enfants lorsqu'ils les ont envoyés à l'école. Ils ne songent pas assez que leurs leçons, et surtout leurs exemples, ont sur ces jeunes âmes une influence que l'enseignement le plus parfait donné par le maître le plus dévoué ne saurait remplacer. — L'instituteur, qui consacre quelques heures par jour à un nombre considérable d'élèves, qui ne les suit pas en dehors de la salle d'études, ne saurait, pour chacun d'entre eux, combattre les mauvais penchants, rectifier les idées erronées, encourager les manifestations généreuses comme un père et une mère qui vivent avec leur enfant dans une communauté constante, et qui peuvent étudier ses actes et son caractère dans toutes les circonstances de la vie.

Or, j'ai eu bien souvent l'occasion de constater chez des parents une indifférence ou un défaut d'entente vraiment regrettables dans la direction de leur petite famille.

Les uns, par faiblesse ou par affection mal raisonnée, laissent tout faire, n'exigent ni obéissance ni respect. Quand on leur représente le préjudice qu'ils causent à leurs enfants par cette manière d'agir : Que voulez-vous, répondent-ils, il y a assez de misère dans la vie, il faut bien que les pauvres petits jouissent de leur reste. — D'autres grondent à tort et à travers, uniquement pour passer leur mauvaise humeur, et sans se rendre compte si leurs reproches sont ou non mérités. Ceux-ci inspirent à leurs enfants l'horreur du travail en les astreignant à un labeur au-dessus de leurs forces ; ceux-là leur laissent prendre le goût de la flânerie et l'habitude de la paresse. Mais à côté de ces vices dans l'éducation qui ont toujours plus ou moins existé, un des caractères distinctifs de notre époque, c'est le défaut d'enseignement religieux.

Cet enseignement est aujourd'hui proscrit des écoles. Les parents qui veulent que leurs enfants n'en soient pas privés devraient donc le donner eux-mêmes. Mais, ont-ils toujours le temps ou la capacité nécessaires pour cela ? C'est déjà beaucoup qu'ils envoient leurs enfants au catéchisme une ou deux fois par semaine. Autrefois, cela pouvait suffire, parce que l'instituteur venait souvent en aide au curé, s'assurait par lui-même si la leçon était sue, tout au moins ne combattait jamais l'ins-

truction donnée à l'église. — Aujourd'hui, que
peut apprendre de la religion un petit malheureux
placé entre un prêtre gêné dans son ministère, un
instituteur hostile et des parents trop souvent
indifférents.

Or, quoiqu'on en puisse dire, la religion est la
base de toute éducation véritable. Jamais l'enseignement moral et civique qu'on a prétendu lui
substituer n'arrivera à la remplacer sans que la
génération, formée suivant la règle du nouvel
évangile laïque, baisse aussitôt d'une manière
effrayante.

On a pu voir quelquefois des philosophes pratiquer la vertu uniquement parce que la vertu leur
a semblé belle, suivre la voie du devoir parce qu'elle
leur a paru la plus honorable. D'ailleurs, ces sages
prétendaient trouver leur récompense dans l'ad-
miration des hommes, et beaucoup d'entre eux
ont philosophé d'autant plus à leur aise qu'ils
n'ont pas senti l'aiguillon de la faim et que la
misère n'est pas venue leur murmurer à l'oreille
ses impérieuses suggestions.

Mais ne parlons pas des philosophes. Ils ont
surtout brillé par leur rareté même. Parlons pour
le commun des mortels et disons que nous ne
voyons pas de plus sérieuse garantie d'honnêteté,

de frein plus puissant aux passions que les croyances religieuses.

Quoi donc. si ce n'est la certitude d'une autre vie. fera accepter les inégalités et les injustices apparentes de celle-ci? quel motif portera à pratiquer le bien, si rarement récompensé sur la terre, si ce n'est la perspective d'une céleste récompense? Quelle considération détournera du mal, qui échappe si souvent à la répression humaine, si ce n'est la crainte de la justice divine? Si tout finit avec cette vie, il faut jouir de la vie; si d'autres occupent une meilleure place que nous à la table du banquet, il faut la leur arracher. Si l'autorité n'émane pas de Dieu, à quel titre respecterai-je l'autorité usurpée par l'homme, mon égal? Vous invoquez les principes de la morale; mais ces principes, qui les a posés? quelle est leur sanction? Je vois sans cesse autour de moi l'innocence persécutée, l'iniquité triomphante. Au-delà de cette vie, vous me dites qu'il n'y a rien; donc, pendant que je vis. je vais tâcher de me mettre du côté des forts et des habiles: tant pis pour les faibles et les timides qui se trouveront sur ma route.

Le peuple, dans son naïf bon sens, comprend à quel effroyable désordre aboutissent les doctrines athées et matérialistes. et il ne songerait pas à se

5

soulever contre la religion de ses pères s'il n'y était
sans cesse poussé par des ambitieux espérant leur
fortune d'un bouleversement social ou des fanati-
ques poursuivant l'assouvissement de leur haine de
sectaires.

Ces gens-là, qui souvent ne sortent pas du
peuple des travailleurs, qui du moins ont cessé
d'en faire partie, poursuivent depuis quelques
années leur œuvre de laïcisation à outrance, au
milieu des protestations silencieuses des populations, aussi bien que des réclamations indignées des
croyants qui savent manier la parole ou la plume.

Mais qu'importe à ces apôtres de la liberté
humaine de fouler aux pieds la liberté et les
consciences? Qu'une commune, satisfaite des
frères ou des sœurs qui depuis un temps immémo-
rial instruisent sa jeunesse, demande à les conserver, sa voix ne sera point écoutée. Elle verra
les instituteurs de son choix brutalement chassés
pour faire place à d'autres qui n'ont pas sa confiance. — Mais il est plus facile, heureusement, de
chasser des maîtres de leurs chaires que des cœurs
dont ils ont su se faire aimer, et bien souvent
l'école communale reste vide, tandis que les
enfants suivent les congréganistes expulsés à l'école
libre qu'ils ont ouverte.

Ah! si la grande masse des Français pouvait faire entendre sa voix dans une consultation sans équivoque, on verrait combien est encore imposant le nombre de ceux qui tiennent à ce que leur mariage soit béni, leurs enfants baptisés, leur mort sanctifiée par la présence du prêtre. Dans cette société où l'habit sacerdotal est menacé de la proscription, presque tout le monde a recours au ministère sacré.

Les hommes au pouvoir le sentent bien. La génération actuelle tient à la religion par trop de liens encore pour qu'ils espèrent déraciner cette religion de la terre de France. Ils ont mis pour cette œuvre leur confiance dans la génération future, et ils ne reculent devant aucun effort pour la pétrir et la façonner selon leur cœur. Y réussiront-ils? arriveront-ils à déchristianiser la nation que l'Eglise appela sa fille aînée? Espérons que non, nous qui croyons que ce serait la fin de la France, mais ne nous dissimulons pas l'étendue et l'imminence du péril.

Nous sommes pour le moment dans la situation suivante : Il n'y a plus d'enseignement religieux dans les écoles de l'Etat. Là où il s'est fondé des écoles libres, elles sont assez fréquemment préférées par les parents dont la situation n'a rien à craindre ni à espérer du pouvoir. Mais, dans la plupart des petites localités, il n'existe pas d'école libre; dans les centres plus importants, tout le monde n'est pas maître de la choisir. Dans l'un et l'autre cas, une foule de parents catholiques sont contraints de laisser élever leurs enfants dans la haine et le mépris de leurs croyances. — Sans doute. ils pourraient réagir à la maison contre l'influence de l'école. Mais. peut-on le demander sérieusement à des parents absorbés tout le jour par de rudes travaux. n'ayant pour la plupart qu'une instruction rudimentaire et. il faut bien le dire, une foi ayant plus besoin d'être stimulée que capable de stimuler les autres.

Nous sommes donc forcés de constater que l'enseignement religieux est en baisse marquée chez les enfants du peuple. Il résiste davantage pour les filles, parce que pour elles l'influence de la mère se fait davantage sentir; mais, là aussi, le mal existe, et si nous voyons les femmes entrer aussi résolument que les hommes dans la voie nouvelle, il sera bientôt sans remède. On verra quelles épouses et quelles mères feront les libres-penseuses et ce que deviendront au milieu de la licence générale les institutions qui forment la base de toute société.

J'ai peut-être beaucoup insisté sur la tendance irréligieuse de l'enseignement du peuple : j'ai déjà dit et je dirai encore en m'occupant des classes élevées, que ce n'est pas lui qui doit en être principalement accusé, pas plus que d'un autre vice dans l'éducation, dont je vais parler maintenant.

De trop nombreux parents, guidés par une tendresse mal entendue, voulant avant tout faire à leurs enfants la vie douce et facile, croient obtenir ce résultat en les détournant du métier qu'ils ont eux-mêmes exercé. C'est une véritable rage, chez le cultivateur et l'ouvrier, de vouloir faire de son fils autre chose qu'un cultivateur ou qu'un ouvrier comme lui. Cette fatale erreur a pour conséquence de porter un grave préjudice à la culture qui manque de bras, de dépeupler les campagnes et d'accroître dans les grands centres le nombre des nécessiteux. Elle crée une multitude innombrable de déclassés et de mécontents, qui s'en prennent à la société de leurs déboires et de leurs insuccès.

Voyez le petit cultivateur, le vigneron, l'artisan : pour peu qu'il soit un peu à son aise, qu'il ait réalisé une petite épargne, son unique but, son rêve sera de vouloir que son fils franchisse un degré de l'échelle sociale. Singulière préoccupation dans une démocratie, où il devrait n'être plus

question de classe et où toute profession devrait
être réputée également honorable. Enfin, notre
homme, qui porte la blouse, s'imagine que son fils
sera au-dessus de lui parce qu'il revêtira tous les
jours la redingote ou le veston; et il ambitionne
de le voir instituteur, teneur de livres ou voya-
geur de commerce. Souvent, le jeune homme
échouera dans la recherche d'une de ces positions
qui deviennent de plus en plus encombrées. Ses
mains, habituées à tenir la plume, ne pourront
plus se façonner à manier la bêche ou le marteau.
Le petit capital amassé par ses parents une fois
englouti, il recourra, pour vivre, à des métiers
interlopes; peut-être même un jour arrivera-t-il à
la mendicité.

Mais, j'admets qu'il réussisse. Le voici un demi-
monsieur, instituteur, je suppose, ou petit employé
dans une administration. Bien souvent il rougira
de son origine et récompensera par l'abandon ces
aveugles parents qui, pour le faire ce qu'il est, se
sont saignés aux quatre veines. Ceux-ci pourront-
ils se dire au moins que, payés ou non de recon-
naissance, ils ont fait le bonheur de leur enfant ?
Croyez-vous donc vraiment que ce misérable petit
fonctionnaire, sans cesse préoccupé de ne pas
déplaire à ses chefs, hanté du matin au soir de la

peur d'être dénoncé et de perdre ses appointements, soit plus digne d'envie qu'un laboureur ou qu'un artisan, n'attendant son pain que de ses bras, ne dépendant de personne, élevant la voix quand il veut, sans être obligé de regarder autour de lui s'il n'y a pas une oreille qui l'écoute.

Singulière chose, vraiment, qu'à une époque où le mot de liberté est prononcé plus qu'il ne l'a été jamais, on fuie la vie libre et fière des campagnes, où chaque homme sur son champ est comme un roi dans son royaume, pour courir après la dépendance, la servitude et l'étouffement des villes.

C'est que la ville, où s'allument chaque soir les guirlandes de feu placées à l'entrée des temples du plaisir et de la débauche, exerce une fascination irrésistible. Elle est comme un vaste phare dont les rayons, projetés au loin, attirent des quatre points de l'horizon les troupes d'insectes et de papillons qui se ruent vers la lumière sans souci de s'y faire brûler les ailes.

Lorsque, il y a quelques années, une commission d'enquête parlementaire, désireuse de se rendre compte si les salaires étaient suffisants, établissait le budget de l'ouvrier parisien, elle faisait figurer le théâtre et le café-concert au nombre des dépenses nécessaires. Cela semble de la folie; cela n'a cependant surpris personne, tant le plaisir sous toutes ses formes est devenu pour l'homme de nos jours un élément indispensable de l'existence.

A la campagne, les occasions de plaisirs sont rares. On s'éloigne de la campagne. Ceux qui y demeurent le font à regret et parce qu'ils ne peuvent pas faire autrement. Voyez dans un rayon assez étendu autour d'une grande ville chaque cultivateur se rendre au marché quand même il n'a rien à vendre ou à acheter. Qu'est-ce donc qui l'attire, si ce n'est la perspective des copieux repas à une table d'hôte, de l'interminable séance au café, souvent même de la soirée passée au théâtre ou au concert, quand ce n'est pas dans quelque endroit moins avouable. Après quoi, il rentre au village au milieu de la nuit ou au matin, le gousset vide, la tête lourde, les membres peu disposés au travail. Pendant ce temps, les domestiques en ont pris à leur aise et les enfants se sont dit que bientôt le moment viendrait où ils feraient comme leur père. Notre cultivateur constate que tout a été de travers pendant son absence. N'importe, il recommencera la semaine suivante, tout en jetant les hauts cris sur la dureté des temps et les souffrances de l'agriculture.

Ah certes, il est bien vrai qu'on vit dans un état

de crises : crise agricole, crise financière, crise politique. Mais la plus grave de toutes, c'est la crise morale qui trouble les âmes, bouleverse les consciences, déchaîne tous les appétits, inspire l'horreur du travail et la soif inextinguible des jouissances. Cette crise-là n'est pas près de finir, si l'on en juge d'après les tendances de l'éducation moderne. Ces tendances sont de nature à nous effrayer dans le peuple: examinons maintenant si dans les autres classes elles sont plus rassurantes.

II. — CLASSE MOYENNE

Il y avait autrefois dans la Société trois classes distinctes : la noblesse, la bourgeoisie et le peuple. Cette classification ne correspond plus exactement à l'état actuel de la nation. La classe moyenne, qui formait jadis la bourgeoisie, s'est tellement étendue en haut et en bas, qu'il serait très difficile aujourd'hui de dire où elle commence et où elle finit. Si nous ne voyons pas d'une part ce qui distingue la noblesse de l'ancienne bourgeoisie, souvent unie à elle par l'alliance ou la parenté, nous nous demandons d'un autre côté quelle différence on peut trouver entre certains petits bourgeois et d'honorables artisans, leurs égaux à tous les points de vue, que la nature de leur profession fait encore ranger dans le peuple.

Aussi, ne dirons-nous pas grand chose de cette classe intermédiaire, bien qu'elle soit très nombreuse. Se confondant avec le peuple par en bas, atteignant la haute classe par son sommet, elle pourra se voir appliquer, suivant le cas, les remarques que nous avons faites à propos du peuple, ou celles que nous allons faire en traitant de la classe élevée.

Nous nous contenterons de constater chez elle une tendance encore plus accentuée que dans le peuple à diriger l'éducation de ses enfants de façon à les faire passer dans la classe supérieure.

Les commerçants enrichis, par exemple, songent moins à transmettre leur maison à leurs fils, qu'à diriger ceux-ci vers les fonctions publiques ou les professions libérales. Ils donnent à leurs filles une éducation soignée qui, jointe à une bonne dot, pourra les faire entrer dans le monde par la porte du mariage.

Je ne veux pas dire du mal de cette ambition
légitime et assurément fort compréhensible. Je
n'admets point une société où les classes seraient
séparées par des barrières infranchissables. J'estime que l'intelligence, le travail et le vrai mérite
doivent pouvoir conduire aux situations les plus
brillantes. Seulement, je voudrais qu'on ne s'élevât
que par des moyens honorables, je voudrais surtout qu'on comprît davantage que tout le monde
ne doit pas avoir les mêmes aspirations.

Vous êtes fils d'un industriel, d'un négociant ou
d'un entrepreneur de travaux. Si vous avez pour
les sciences des aptitudes exceptionnelles, tâchez
d'arriver à être ingénieur; faites-vous avocat si
vous vous sentez de réelles dispositions pour l'étude
du droit et une grande facilité de parole, rien de
mieux. Mais si vous n'avez rien de tout cela et seulement le désir d'arriver à la fortune et à la considération, pourquoi ne songeriez-vous pas tout
simplement à continuer la profession paternelle.
Est-ce que cette profession, pour être d'une autre
nature, est moins honorable lorsqu'elle est honora-
blement exercée? Est-ce qu'un pays n'a pas autant
besoin de commerçants, d'entrepreneurs et de
fabricants que d'avocats, de magistrats ou de fonctionnaires? Et puis, en succédant à votre père,

vous auriez une voie toute tracée: si vous êtes ambitieux, vous pourriez espérer augmenter un jour son commerce ou son industrie, tandis que dans la voie nouvelle où vous songez à vous lancer, vous n'êtes pas sûr de réussir. Vous voyez ceux qui ont fait leur chemin, mais combien sont restés en route. Pour un que le succès a couronné, combien se sont retirés de la lutte vaincus et découragés.

Supposons que, dans une salle de spectacle, tout le monde veuille envahir les premières places. Après une poussée formidable, ces places finiront par être toutes prises, et le plus grand nombre, qui n'aura pu s'y caser, sera obligé de se rabattre sur les places secondaires: mais ce sera avec le dépit de l'insuccès et la rage au cœur contre les plus favorisés. De même dans une nation, si la quantité de ceux qui aspirent aux places les meilleures est hors de proportion avec le nombre de ces places, il se produira un trop-plein de postulants qui, ne trouvant point de débouchés, formera une armée de mécontents sans cesse grossissante.

Cette armée constituera un danger permanent, puisque nécessairement elle n'aura qu'un but : déposséder de leurs emplois ceux qui les occupent, et que pour arriver à ce but elle n'hésitera pas à entraîner sans cesse le pays dans les agitations et les bouleversements politiques.

La quantité d'avocats sans cause, de médecins sans clientèle, de professeurs sans élèves qui demandent leur gagne-pain à la politique constitue déjà un fléau. Que sera-ce donc, quand la jeune génération qui se presse dans les lycées et les collèges, infiniment plus nombreux qu'autrefois, aura doublé le cap du baccalauréat et se préparera à inaugurer sa vie civile.

Lorsque chez un individu la tête grossit outre mesure, c'est au détriment du reste du corps. Notre pays, si le mouvement que je constate continue à s'accentuer, finira par ressembler à un de ces hydrocéphales dont le chef énorme se soutient à peine au-dessus de membres grêles et appauvris.

En France, on songe, nous le constatons, beaucoup plus à développer le cerveau du corps social qu'à fortifier ses membres d'une façon normale et proportionnelle. On agrandit les lycées qui existent, on en crée d'autres, puis on étend en proportion les programmes. On y ajoute sans cesse des matières nouvelles, sans avoir l'air de se douter que l'intelligence de l'enfant a des bornes et qu'en voulant trop embrasser, on risque de mal étreindre.

Nous allons retrouver tout à l'heure nombre des enfants de la classe moyenne dans les collèges officiels ou libres, avec leurs camarades de la classe élevée. Mais nous ne pensons pas que cette dernière ait fourni jusqu'à présent beaucoup de sujets à une institution dont nous allons dire deux mots pour n'avoir plus à y revenir.

Nous voulons parler des *Lycées de jeunes filles*. Rien n'est nouveau sous le soleil : chez les Grecs, Aristophane raillait déjà cette idée de masculiniser la femme, qui avait germé, paraît-il, dans le cerveau de quelques-uns de ses contemporains. J'ai vu jouer, il y a trois ou quatre ans, une pièce fort drôle qui s'appelait *le Lycée de filles*. Albert Millaud, dans sa *Comédie sous la République athénienne*, Octave Feuillet, dans une bluette intitulée *Charybde et Scylla*, ont esquissé des portraits amusants de la femme de l'avenir, produit savoureux des hautes conceptions pédagogiques de MM. Paul Bert et consorts. — J'ai cru d'abord que c'était une idée de carnaval et que le ridicule qui tuait autrefois en France n'aurait point laissé vivre *le Lycée de filles* au-delà de l'espace d'un matin. — Point du tout. Il paraît que ce genre d'établissement fonctionne et qu'il prospère même, puisque nous voyons des villes tentées par l'exemple contracter de gros emprunts afin de ne pas rester en arrière dans la voie du progrès.

Eh bien, malgré tout cela, je ne suis pas encore bien persuadé de la réussite de ces lycées d'un nouveau genre. Que les premiers qui ont été ouverts aient trouvé un nombre suffisant d'élèves parmi les jeunes filles du peuple ou de la classe moyenne destinées au professorat et en quête de brevets, j'y consens; qu'ils aient même reçu quelques filles de libres-penseurs et de prêtrophobes, je l'admets encore. Mais qu'ils répondent à une aspiration de la généralité des familles, je le nie absolument.

Le titre d'ancienne élève d'un lycée de filles n'aurait pas, je le suppose, une grande valeur matrimoniale, et je connais bon nombre de mauvais catholiques qui leur préféreraient encore les jeunes filles dont des institutrices chrétiennes, voire même des religieuses, auraient fait l'éducation. Les hommes ont beau se dire libres-penseurs, ils y regardent encore à deux fois avant de prendre pour femme une libre-penseuse.

III. — CLASSE ÉLEVÉE

Les parents appartenant à la classe élevée s'occupent de leurs enfants plus qu'on ne l'a peut-être fait dans cette classe à aucune autre époque. Les aiment-ils davantage, je n'en sais rien: toujours est-il qu'ils leur consacrent infiniment plus de temps et de soins qu'on ne faisait autrefois. Beaucoup de femmes s'absorbent à ce point dans leurs préoccupations maternelles qu'il ne leur reste de loisir pour aucune autre chose. Beaucoup d'hommes se font surveillants, répétiteurs ou même bonnes d'enfants.

Sacrifier les plaisirs mondains, les charmes de la société, les distractions même de l'esprit ou la culture des arts d'agréments à une œuvre importante entre toutes, c'est assurément l'effet d'un sentiment infiniment respectable. Reste à savoir si ce sacrifice est nécessaire et si même dans le bien l'excès ne risque pas de devenir un défaut.

Une mère ferait très mal d'abandonner ses

enfants à des mains mercenaires, aujourd'hui surtout qu'on trouve peu de serviteurs fidèles et dévoués. Mais n'a-t-elle pas tort lorsque, pour satisfaire leurs caprices, elle consent à leur rendre une foule de soins matériels qu'il lui suffirait de surveiller : lorsqu'elle passe des heures à jouer avec eux parce qu'ils n'aiment pas à jouer seuls, lorsqu'elle fait chaque soir de longues séances au chevet de leur lit parce qu'ils ne veulent pas s'endormir sans qu'on leur raconte des histoires ou qu'on leur tienne la main.

Que résulte-t-il de cette tendresse peu clairvoyante et de cette familiarité. C'est que chaque jour la mère perd de son autorité et de son prestige. L'enfant, sentant qu'on ne sait rien lui refuser, prend l'habitude de commander au lieu de celle d'obéir. Voyant sa mère jouer toute la journée avec lui, il lui parle comme à un camarade; bien heureux quand, à force de recevoir d'elle des soins qu'il repousse venant de sa bonne, il ne finit point par la traiter comme une servante.

J'en connais beaucoup trop, hélas! de ces mères excellentes et dévouées, dont l'affection désordonnée et les gâteries prodiguées sans discernement sont arrivées à faire d'enfants doués de qualités charmantes et des plus aimables dispo-

sitions, d'affreux petits drôles mal élevés, égoïstes
et insupportables à tout le monde.

Et les pères, est-ce qu'ils sont toujours plus
raisonnables? Est-ce qu'ils cherchent à conserver
à l'affection de leurs enfants la nuance de respect
que ne doit jamais cesser d'inspirer le chef de
famille? — Tant que les marmots sont en bas-âge,
beaucoup de pères les gâtent encore plus que les
mères. Les voyant moins souvent, souffrant moins
de leurs caprices, moins habitués à leurs cris, ils
sont plus enclins à tout trouver charmant en eux
et à leur céder en toute chose pour les empêcher
de pleurer. — Quand leurs garçons ont grandi,
beaucoup de papas se constituent leurs surveillants
et leurs répétiteurs, les écoliers disent leurs
pions.

Croyez-vous qu'ils gagnent beaucoup à la peine
qu'ils se donnent ? D'abord, le métier de surveillant manque essentiellement de prestige et l'autorité paternelle sera loin de profiter du cumul :
l'enfant s'apercevra bientôt que son père a quelque
peu oublié son latin, son grec et ses mathématiques
et il aura peine à réprimer un sourire lorsqu'il
s'entendra répéter par l'auteur de ses jours : *Nous
étions bien plus travailleurs et bien plus forts de
mon temps.*

Puis, l'élève contractera la douce habitude de faire chercher son père à sa place dans le dictionnaire : au moindre embarras, il lui demandera des explications ; de fil en aiguille, il finira par se faire faire son thème ou sa version. Lorsqu'il portera le lendemain son devoir à son professeur, celui-ci corrigera gravement l'œuvre de M. X et se demandera comment il se fait que le jeune X, qui à la maison traduit assez proprement son *Epitome* ou son *de Viris*, perde tous ses moyens aussitôt qu'il se trouve en sa présence et ne puisse expliquer le sens du plus simple membre de phrase.

Quand notre bonhomme entrera au collège, c'est alors qu'on le verra à l'œuvre, seul aux prises avec le texte d'une composition, sans personne pour lui souffler la traduction. Heureux s'il est encore à temps d'apprendre à travailler par lui-même et de faire sa besogne sans qu'elle soit toute mâchée.

Bien ou mal préparé à la maison paternelle, il vient un temps où tout garçon commence ce qu'on appelle ses études sérieuses, soit comme interne ou comme externe dans un lycée ou dans un établissement religieux.

Autrefois, le choix du lycée était loin d'impliquer de la part des parents l'absence de sentiments chrétiens. On pouvait ne point aimer l'esprit des

Jésuites ou des autres ordres enseignants et tenir à ce que ses enfants fussent élevés dans le respect et la pratique de la foi catholique. Le lycée, sous ce rapport, donnait une suffisante satisfaction. Les classes commençaient et se terminaient par la prière; un cours d'instruction religieuse était fait par l'aumônier: les élèves, les dimanches et les jours de fête, étaient conduits aux offices. Aucun professeur ne se fut permis alors impunément d'attaquer dans sa chaire les dogmes de l'Eglise ou de tourner ses pratiques en ridicule.

Aujourd'hui, tout cela a bien changé, et il n'y a plus à envoyer leurs enfants dans les lycées, avec les protestants, les juifs et les libres-penseurs, que les catholiques timides dont la position officielle et la crainte de la dénonciation paralysent l'indépendance. Encore, ceux-ci s'efforcent-ils de réagir à la maison contre l'enseignement du lycée, et les plus courageux cherchent-ils quelque palliatif, comme celui de confier leurs enfants à des prêtres pendant l'intervalle des classes. Singulier moyen et situation bizarre que celle de cette jeune intelligence où deux hommes travaillent perpétuellement chacun à ôter ce que l'autre y a mis.

Je me suis laissé dire que dans les lycées la moyenne des études était actuellement plus forte

que dans les collèges religieux. Ce jugement n'eut
pas été juste il y a quelques années. Alors, les
écoles libres des Jésuites ou des Dominicains pou-
vaient hardiment rivaliser avec les collèges universitaires, et je crois bien que sous le rapport des
études purement littéraires, elles auraient pu
l'emporter sur leurs rivaux. — Depuis le fameux
article 7 et les persécutions qui en ont été la conséquence, il est possible et même probable que le
niveau des établissements libres aura baissé. Dans
chacun d'eux, des maîtres d'une expérience con-
sommée, rompus à la pratique de l'enseignement,
possédant l'art de se faire écouter, ont été arrachés
de leurs chaires. On a dû les remplacer par de
jeunes prêtres souvent à peine sortis du séminaire,
assurément pleins de mérite et de bonne volonté,
mais qui pour égaler leurs devanciers auraient
besoin d'un long apprentissage. On n'improvise
pas un personnel enseignant en quelques jours,
pas même en quelques années. Nous verrions ce
que deviendraient les lycées si l'on enlevait seulement à chacun d'eux une demi-douzaine de leurs
meilleurs professeurs pour les remplacer par des
débutants?

Il est donc possible qu'au point de vue des études
proprement dites les écoles libres soient dans une

situation d'infériorité. Mais cette infériorité, si elle existe, est compensée par de tels avantages que nul père de famille véritablement chrétien n'hésitera entre l'enseignement de ces écoles et l'enseignement de l'Etat tel qu'il est donné aujourd'hui.

Au lycée, sous prétexte de philosophie, on apprend au jeune homme à mépriser les croyances de son père, à tourner en ridicule les pratiques de dévotion de sa mère. Sous couleur d'histoire, on lui explique que la France date de la prise de la Bastille et que les quatorze siècles de royauté qui ont précédé cette date mémorable ont été une ère de sauvagerie et d'obscurantisme. A propos de sciences naturelles, on lui présente l'Univers comme le produit de la transformation perpétuelle d'une espèce de substance préexistante et incréée; on lui fait entrevoir le triomphe des idées positivistes comme l'idéal du progrès de l'humanité.

Au moins, dans la maison religieuse, votre fils sera élevé dans votre foi, qui fut celle de vos ancêtres; il respectera ce que vous avez été habitué à respecter. Et puis, il trouvera chez ses camarades la communauté de sentiments, la similitude de convictions, l'égalité de première éducation qui font plus tard dans la vie le charme des liaisons de collège.

Indépendamment de ces points capitaux, d'autres avantages ont déjà assuré, à une époque où l'on n'avait pas les mêmes raisons qu'aujourd'hui de fuir les lycées, l'extrême faveur des établissements religieux.

Les prêtres sont, il faut en convenir, de merveilleux éducateurs de la jeunesse. Libres de tous soins de famille et de toute préoccupation mondaine, il n'est point une seule parcelle de leur temps qui ne soit consacrée exclusivement aux enfants confiés à leur direction. Aussi, dans les collèges religieux, s'occupe-t-on beaucoup plus que dans ceux de l'État du bien-être et de la distraction des élèves. On multiplie davantage les promenades et on leur donne des buts attrayants: on anime les récréations par les jeux les plus variés: on encourage les exercices du corps, la gymnastique, l'équitation, la natation, le patinage. On organise des représentations dramatiques qui servent à la fois à distraire les spectateurs et à développer chez les acteurs improvisés les qualités de diction, la justesse du geste et l'aisance du maintien.

Nous pourrions ajouter bien des choses dans cet ordre d'idée et nous livrer par exemple à un parallèle entre le *père surveillant* et le *pion* qui ne serait pas à l'avantage du dernier.

Quoiqu'on pense d'ailleurs de la valeur respective des lycées et des collèges catholiques, ni les uns ni les autres ne peuvent se soustraire à une tendance désastreuse dont beaucoup d'esprits sérieux et d'hommes compétents dans la matière s'accordent à prédire les funestes résultats.

Nous voulons parler de l'amplification démesurée des programmes, qui a fait désigner sous le nom de *surmenage* la méthode absurde, idiote et barbare qui consiste à traiter nos enfants comme des chevaux qu'on lancerait à fond de train sans jamais ralentir leur allure, les excitant de la cravache et de l'éperon, jusqu'au moment où ils vacilleraient sur leurs jambes raidies et où ils finiraient par s'abattre essoufflés et fourbus à jamais.

On se demande vraiment quelles idées ont traversé la tête de ces maîtres de l'Université, lorsqu'ils ont tracé les programmes de ce qu'on devait apprendre pour faire un bachelier. On n'a pas besoin de chercher ce qui s'y trouve, mais on aurait grand'peine à découvrir quelque chose qui n'y figure pas. Il eût été plus simple de dire qu'on interrogerait désormais le candidat sur toutes les branches des connaissances humaines et qu'on lui délivrerait s'il faisait de bonnes réponses le titre de *doctor in omni re scibili,* ni plus ni moins qu'à

Pic de la Mirandole. Le fait est que ce serait un fameux prodige que le jeune homme de 17 ou 18 ans sachant, je ne dis pas d'une manière approfondie, mais seulement un peu nette et précise, la quantité innombrable de choses sur lesquelles il peut venir fantaisie aux examinateurs de porter l'interrogation. Je serais curieux, je l'avoue, de voir un de ces messieurs tiré de sa spécialité et obligé de répondre à la place du candidat aux questions de ses collègues.

Le fait est qu'avec ce merveilleux système, on ne fait plus à proprement parler de rhétorique ni de philosophie, on prépare la première ou la seconde partie du baccalauréat. Le jeune homme n'est plus exercé à écrire correctement la langue latine ou même, ce qui n'est déjà pas si commode, la langue française: il ne passe pas de longues heures à lire dans le texte les classiques latins ou français; je ne parle pas des classiques grecs; non, il se bourre de manuels indigestes ne donnant des plus belles œuvres littéraires que des tronçons incomplets et défigurés, avec des appréciations toutes faites qu'on récite comme des perroquets. Il tâche de se caser tant bien que mal dans la tête une foule de définitions qu'il ne comprend pas et de mots barbares vides pour lui de sens. — Pendant la semaine qui précède l'examen, on surchauffe encore la machine, on y jette quelques pelletées de termes savants, de phrases stéréotypées. Puis, le jour venu, on lâche la bonde, le candidat défile son chapelet avec plus ou moins d'aplomb et de bonheur. Il décroche son parchemin. Et puis après?

Après, le malheureux se hâte de se débarrasser de tout ce fatras dont il s'est farci la cervelle. Il se trouve dans la position d'un homme qui, au lieu de prendre une nourriture saine et fortifiante, se serait bourré de mets lourds et indigestes et se réveillerait le lendemain la tête pesante et l'estomac fatigué.

Il y a un fait certain : c'est que tout ce qu'on a voulu gagner en étendue dans les études a été perdu en profondeur. En littérature, notamment, la jeune génération est d'une faiblesse désespérante: les professeurs de l'Université eux-mêmes sont obligés de le constater. Les bacheliers d'hier, arrivés sur les bancs de l'École de droit, ne savent pas assez de latin pour traduire les *Institutes*, et on découvre souvent en les interrogeant que s'ils ne sont pas très ferrés avec le droit des Romains, ils sont en revanche tout à fait brouillés avec leur histoire,

Et c'est pour ce beau résultat que nos enfants passent douze heures par jour courbés sur les tables des classes ou des salles d'étude, qu'ils sont arrachés de leurs lits en hiver à cinq heures du matin pour aller brûler leurs yeux ensommeillés à la lumière du gaz; c'est pour cela qu'on rogne sur leurs heures de liberté et d'exercice au grand air, qu'on fatigue les fibres de leur cerveau, qu'on atrophie leurs muscles et qu'on leur prépare une jeunesse débile et étiolée!

Si c'est ainsi qu'on réforme l'enseignement, pour Dieu, qu'on s'abstienne de réformes, et si l'on fait plus mal qu'autrefois, qu'on nous ramène aux anciens systèmes. Ils ont produit bien des hommes de valeur; j'ai peur que des nouveaux on ne puisse en dire autant.

Jusqu'à présent, heureusement, le surmenage a été moins appliqué aux filles qu'aux garçons. Le nombre des jeunes personnes de la classe élevée qui ont été tentées de prendre leur brevet élémentaire ou supérieur n'est pas bien considérable. La mode qui y poussait depuis quelques années semble même à l'heure qu'il est en train de tourner. Ce titre paraîtra d'ailleurs moins flatteur lorsqu'on sera exposé à le partager avec sa femme de chambre. Or, avec le stock augmentant toujours des institutrices sans place, il y aura dans l'avenir beaucoup de femmes de chambre brevetées.

Nous disions donc qu'en général les jeunes filles ne sont pas trop surmenées : même avec la part faite aux travaux à l'aiguille et aux travaux d'agrément, il leur resterait assez de temps pour la promenade, les jeux en plein air et les exercices corporels qui conviennent à leur sexe. Eh bien, sous ce rapport, elles sont encore plus mal partagées que les garçons. Sont-elles élevées au couvent, elles ne sortent pas, si ce n'est dans des cours ou des jardins souvent trop étroits ? restent-elles dans leur famille, c'est à peine si elles accompagnent leurs mères pour faire quelques visites ou quelques emplettes dans les magasins. Tandis que ce qu'il leur faudrait, ce seraient de longues heures passées au grand air, de bonnes promenades en pleine campagne, d'où l'on reviendrait bien disposée à l'appétit et au sommeil. Le bonheur de toute la vie, le repos de ceux qui vous sont chers, dépendent de la santé ; or, cette santé qu'aucun prix ne saurait payer, non seulement on ne fait rien pour l'acquérir dans la jeunesse, mais il semble qu'on veuille prendre les meilleurs moyens pour la compromettre et la ruiner à jamais.

Comment voulez-vous qu'elles fassent des provi-

sions de force et de santé pour les épreuves qui
bientôt les attendent. ces jeunes personnes de
dix-sept ou de dix-huit ans, qui pendant un hiver
entier passent toutes leurs nuits au bal, ne rentrant
qu'au matin, lasses à la fois et surexcitées, cher-
chant vainement le repos dans un sommeil enfiévré
et plein de rêves. Plus de repas réguliers; on
mange à des heures invraisemblables. suivant le
caprice de l'estomac; on grignotte quelque chose
au buffet, on prend sur un plateau une glace ou
un verre de sirop: toutes les habitudes sont ren-
versées. On fait du jour la nuit. de la nuit le jour;
l'existence est bouleversée de fond en comble et
l'organisme est ébranlé dans ses fibres les plus
profondes. — A la fin du carnaval. on est fourbue,
anémiée: on se met au régime et on se traîne
jusqu'à la saison des bains de mer, qui doit redon-
ner les forces nécessaires pour affronter les
fatigues de l'hiver suivant.

Et l'on veut faire de ses filles des femmes solides
et bien portantes: on espère qu'elles vous donne-
ront des petits enfants sains et robustes. — C'est
de la démence.

Je ne veux pas me poser ici en moraliste intrai-
table. Je pense qu'il faut que jeunesse s'amuse et
je trouve que la valse et le quadrille ont beaucoup

de bon. Seulement, pourquoi au lieu d'aller dans le monde à l'heure où il serait temps de se coucher, n'y arriverait-on pas entre huit et neuf heures et ne se retirerait-on pas à minuit plutôt qu'à cinq heures du matin. On aurait tout autant d'agrément et moins de fatigue et toutes les habitudes du jour suivant ne seraient pas bouleversées. On donnerait au plaisir sa part légitime, on ne négligerait pas les choses sérieuses et on ne ferait pas de tort à sa santé.

Beaucoup de parents ne demanderaient pas mieux que de faire ainsi, et je les entends gémir sur la mode des veilles trop prolongées. Ceux-là, très sages en théorie, font comme les autres dans la pratique, parce qu'aujourd'hui les pères et les mères, au lieu de donner la direction, ont pris l'habitude de la recevoir.

Je l'ai déjà dit: en général, on gâte la jeunesse. On développe beaucoup trop chez elle le goût du bien-être, l'amour du plaisir, le besoin des jouissances. Comparons, si vous voulez bien, la mise et la chambre d'une jeune fille d'aujourd'hui avec celles d'une jeune fille d'autrefois.

Du temps de nos mères, une robe de mousseline et une fleur dans les cheveux faisaient, avec des souliers de satin, tous les frais d'une tenue de bal.

A présent, il faut des flots de faille ou de soie drapés par une couturière habile, et encore la même toilette ne doit pas reparaître trop souvent.

Jadis, un lit bien simple avec des rideaux de percale claire, deux ou trois chaises, une commode, une table à ouvrage, un crucifix et un bénitier, quelquefois une étagère chargée de quelques livres et de petits souvenirs, c'est ce qui, dans les meilleures familles, garnissait la chambre de la fille de la maison. Aujourd'hui, la moindre petite bourgeoise rougirait de ne pouvoir montrer à ses amies un lit enguirlandé de soie et de guipure comme une chapelle, une armoire en palissande, un chiffonnier en bois de rose, des bergères et des poufs revêtus de satin ou de peluche; une garniture de cheminée Pompadour, une petite console Louis XV encombrée d'objets de fantaisie et de bibelots de prix. Souvent même on ne s'en tient pas là. A côté de la chambre de mademoiselle, est un petit boudoir plus luxueux encore, où viennent la trouver ses amies pendant que leurs parents sont reçus dans le salon de sa mère.

Il est bien entendu que les jeunes gens ne sont point en reste sur les jeunes filles et que chez eux les goûts de luxe ont fait les mêmes progrès. Leurs dépenses, pour n'être pas de la même nature, sont souvent plus lourdes pour la bourse des parents que celles de leurs sœurs.

Eh bien! dans tout cela, me dira-t-on, où voyez-vous le mal? Le progrès du bien-être est un progrès comme tous les autres, le goût des belles choses est un goût louable, et c'est faire un bon emploi de son argent que de s'entourer de ce qui peut embellir et charmer l'existence.

Je pourrais invoquer la philosophie et répondre que cette vie n'est pas faite seulement pour jouir: que l'homme étant composé d'une âme immortelle et d'un corps périssable, c'est un mal de négliger la première pour le second et de subordonner l'esprit à la matière. Je pourrais citer l'histoire et montrer que l'amour des jouissances a constamment énervé les caractères, que le luxe et la mollesse ont toujours fini par tuer les peuples. Mais je ne suis pas un historien, encore moins un moraliste; seulement, comme bien d'autres, j'écoute un peu ce qu'on dit, je regarde un peu ce qu'on fait autour de moi et, après avoir rassemblé mes impressions, j'arrive tout simplement à la constatation suivante :

Tout va mal dans notre pays, voilà ce que chacun répète. Les fortunes diminuent, les sources de la richesse nationale sont menacées. Cette crise n'est, assure-t-on, qu'à son début; on prévoit qu'elle ira toujours en s'aggravant, pour aboutir finalement au déficit, à la ruine et à la banqueroute. Alors, sans doute, on doit chercher à diminuer ses dépenses, à réduire son train de vie, à donner à ses enfants, à défaut de la fortune qu'on n'est pas sûr de leur transmettre, des goûts simples qui leur feront mieux supporter la médiocrité. — Loin de là, on se fait l'existence de jour en jour plus large; on donne à ses fils et à ses filles l'exemple d'un luxe qu'on n'a pas vu chez ses parents, on leur crée des goûts qu'on n'aurait jamais songé à avoir à leur âge.

D'un autre côté, on entrevoit pour eux des guerres qui embraseront l'Europe entière, peut-être aussi des révolutions intérieures qui ébranleront les assises de la société. Il faudrait à la génération qui verra ces choses des âmes fortement trempées, des corps insensibles aux privations et à la souffrance, des muscles rompus à la fatigue. Travaille-t-on à endurcir les corps et à bronzer les âmes? Oh, que non; jamais les enfants n'ont été plus dorlotés, plus élevés dans du coton, plus entourés d'une recherche de petits soins et d'une minutie de précautions que leurs pères n'ont point connues.

Eh bien, je le demande, qu'adviendra-t-il de cette génération pour qui on prévoit des revers de fortune et qu'on élève dans le culte de la richesse; qu'on croit destinée à la lutte et aux épreuves et qu'on ne songe qu'à énerver et à amollir. Qui donc en contemplant ce spectacle ne tremblerait pour l'avenir?

Avenir de la Génération Nouvelle

Nous avons constaté, dans la première partie de cette étude, que notre pays était sur le chemin de la décadence, et la génération dont nous faisons partie nous est apparue inférieure à celles qui l'ont précédée. Lorsque nous avons examiné ensuite l'impulsion donnée à l'éducation de la jeunesse, il nous a semblé que les causes d'où découle notre faiblesse allaient toujours en s'accentuant. Donc, si l'on n'y porte remède, nous aurions en perspective un avenir pire que le présent et nous serions emportés vers notre ruine avec une accélération toujours croissante, suivant la règle qui préside à la chute des corps.

La plupart de ceux qui osent sonder les profondeurs de cet avenir plein de menaces, attendent des événements seuls la réalisation de leurs craintes ou de leurs espérances. Le maintien de la paix, la guerre, avec son alternative de victoire ou de

défaite, la conservation de la République, le réta-
blissement de l'Empire ou de la Royauté, voilà
d'où dépend, s'imaginent-ils, le salut ou la ruine
du pays.

Eh bien, ces gens-là se trompent, à mon sens;
ils prennent pour le principal ce qui n'est que
l'accessoire; ils attribuent une importance capitale
à ce qui n'en a qu'une secondaire. Une longue
période de paix fait-elle toujours une nation floris-
sante et prospère? Demandez-le à l'Espagne. Une
guerre malheureuse rend-elle un peuple incapable
de se relever? Songez à ce qu'était la Prusse après
Iéna. Les victoires assurent-elles pour longtemps
l'avenir? les trophées de Crimée et d'Italie ont-ils
empêché Sedan et Metz? — Comment croire davantage à l'efficacité d'un changement de gouvernement dans un pays comme le nôtre, où depuis
bientôt un siècle aucun régime n'a pu durer. Les
légitimistes ont-ils oublié 1830, les orléanistes 1848,
les bonapartistes le 4 septembre 1870, les républicains toutes les chutes successives de la République.

Non, quelles que soient les institutions qui les
régissent, les peuples peuvent également vivre et
prospérer, à cette condition que les citoyens soient
bons dans leur ensemble et que la direction soit
donnée par les meilleurs. Si, au contraire, la cor-

ruption s'est glissée dans les masses, ce serait folie que d'espérer un relèvement subit d'un changement d'étiquette. On travaillera en vain à modifier les institutions, si l'on ne songe pas avant tout à réformer les hommes.

Si jamais pareille réforme venait à être tentée, pour qu'elle eût des chances d'être efficace, pour qu'elle fût conduite avec sagesse et persévérance, de façon à éviter les exagérations et les excès, d'où devrait en partir l'initiative, à qui appartiendrait-il d'en prendre la direction? Se demande-t-on assez pourquoi, après un siècle de bouleversements et de transformations incessantes, la France n'a pu acquérir aucune stabilité, tandis que l'Angleterre, depuis sa révolution bien antérieure à la nôtre, jouit des bienfaits d'une Constitution dont nul ne conteste le principe ou ne menace l'existence. N'est-ce point parce que, chez nos voisins, la classe la plus capable et la plus instruite, la classe élevée, en un mot, a su prendre toujours la tête du mouvement, tandis que chez nous, les changements de gouvernement ont été l'œuvre des masses aveugles et des classes inférieures de la société. — Or, le peuple qui excelle à détruire ce qui existe, qui a la force et la violence pour renverser ce qui lui fait ombrage, manque essentiellement des connaissances, de la modération et du coup d'œil d'ensemble nécessaires pour fonder un monument durable. Comme les membres doivent obéir à l'impulsion du cerveau pour ne pas produire de mouvements désordonnés, de même les classes laborieuses et illettrées doivent recevoir la direction de la classe pensante et instruite, sous peine de s'agiter perpétuellement au milieu du désordre et du chaos.

La France donne depuis de longues années un spectacle étrange et peut-être unique au monde. La classe de la société qui a longtemps présidé aux destinées du pays: celle qui possède une grande partie du territoire et des capitaux: celle qui a tout à la fois en partage l'éducation, les traditions et la culture intellectuelle, celle qui devrait, en un mot, être la classe dirigeante, celle-là ne dirige maintenant plus rien. Éloignée des charges et des emplois, exclue de toute participation aux affaires publiques, en dehors du mouvement commercial et industriel, elle n'a plus ni contrôle ni influence, et elle assiste, spectatrice désarmée et impuissante, aux crises et aux convulsions dans lesquelles se débat le pays.

Eh bien, c'est cette classe qu'il faudrait réveiller. C'est à elle qu'appartient l'initiative d'une réforme et d'une rénovation salutaires. Puisqu'à force de vivre dans le passé, elle a trop oublié le présent; qu'avertie par l'imminence du danger, elle songe du moins à préparer l'avenir.

Préparer l'avenir, c'est une tâche grande et difficile. Il faut du courage et du dévouement pour l'entreprendre, de la clairvoyance et de la volonté pour la mener à bonne fin. Examiner sans faiblesse tout ce qui nous manque pour le donner à nos enfants; tâcher de nous faire une idée exacte de la Société au milieu de laquelle ils vivront, afin de leur y assurer la place que nous n'avons pas tenue dans la nôtre; les armer de pied en cap pour la lutte et les mettre à même de figurer un jour à la tête des hommes du vingtième siècle. Voilà quelle devrait être la pensée sans cesse entretenue, le but poursuivi sans relâche par nous tous qui avons souci de l'honneur de notre race et des destinées de notre pays.

Il n'y a pas d'illusion à se faire. Nous sommes arrivés à un temps où la position occupée par les ancêtres ou les services par eux rendus au pays ne dispensent pas de se faire soi-même une position et de rendre aussi des services. Nous vivons à une époque où les fortunes s'écroulent aussi vite qu'elles s'élèvent, et où il devient de plus en plus téméraire de ne compter que sur les héritages.

Avant de commencer l'éducation d'un fils, tout père de famille, quelque haute que soit sa situation, quelque considérable que soient ses richesses, doit avant tout se dire : Je veux faire de mon enfant un homme occupé et un homme utile.

Mais ce principe étant bien établi qu'à l'avenir, sous peine de n'être compté pour rien, chacun devra faire quelque chose, il reste à se demander quels débouchés seront ouverts aux enfants des classes élevées.

Jusqu'à présent, les jeunes gens riches ou bien nés, lorsqu'ils se décidaient à embrasser une carrière, n'avaient guère à hésiter qu'entre l'armée et les fonctions publiques. Aujourd'hui qu'on y a de plus en plus mêlé la politique, ces dernières sont devenues moins enviables. L'armée, qui a conservé son prestige, ne convient pas à toutes les natures. D'ailleurs, quelque considérables que soient les effectifs, le nombre des officiers est limité: il est possible même qu'il le soit un jour bien davantage, l'état de paix armée dans lequel vit l'Europe étant trop onéreux pour pouvoir durer toujours.

Donc, il ne faudra plus se limiter comme autrefois pour donner une direction à l'éducation de ses enfants. Comme chacun sera considéré en raison de ce qu'il se rendra utile : comme, d'autre part, il y a mille moyens de se rendre utile au même degré, le choix d'une carrière devra n'être guidé que par les aptitudes et les goûts de chaque individu.

Lorsque, dans la crainte de déroger, les jeunes gens de la haute classe délaissaient des carrières qui leur eussent convenu pour d'autres qui ne correspondaient nullement à leurs capacités ; il en résultait deux choses : l'homme était mal à l'aise dans une profession peu faite pour lui, et la profession perdait à être exercée par un homme peu fait pour elle.

La Providence a donné aux individus une variété de goûts et d'aptitudes suffisante pour répondre à tous les besoins de la société. L'essentiel, c'est que chacun soit à la place qui lui convient. On n'a pas idée du degré de puissance où arriverait un pays dans lequel il n'y aurait pas de talent gaspillé, de force inutilement employée.

On ne peut pas dire que la France d'aujourd'hui soit précisément ce pays-là. Cependant, les talents n'y manquent pas plus que les forces. Mais, pour leur faire produire tous leurs fruits, il faudrait une impulsion qui malheureusement fait défaut.

Et cela, n'est-ce pas un peu par la faute de la haute classe?

Ainsi, on se plaint avec juste raison des tendances irréligieuses de l'enseignement universitaire et de l'étroitesse d'esprit qui préside au système d'éducation actuel. Combien la classe élevée fournit-elle donc de membres à l'Université, combien de professeurs de lycée ou de faculté sortent de son sein?

Le clergé se recrute difficilement. Très digne et très honnête, assurément, il manque parfois d'ampleur dans les idées, de tact et de délicatesse dans les rapports sociaux. A qui la faute? Combien comptez-vous d'hommes sortant d'un milieu élevé parmi les prêtres des paroisses?

La démoralisation va en s'accentuant chez le paysan et l'ouvrier. C'est un mal dont on constate les progrès avec terreur; mais seraient-ils aussi effrayants si la classe élevée se mettait davantage en contact avec les populations agricoles ou industrielles, si elle s'adonnait sérieusement elle-même à l'agriculture et à l'industrie.

Pourquoi, de même qu'il était jadis magistrat ou fonctionnaire, qu'il est aujourd'hui soldat, un fils de bonne famille ne serait-il pas prêtre, médecin, professeur, homme de lettres, industriel,

agriculteur ou négociant. Oui, même négociant.
En Angleterre, en Hollande, en Amérique, on ne
croit pas déchoir pour exercer une profession qui
contribue largement au développement de la
richesse nationale, et il serait temps que nous
nous affranchissions d'un préjugé qui convient
peu à notre constitution démocratique.

Représentons-nous par la pensée quel effet serait
produit si une génération élevée dans une religion
bien entendue, possédée de l'amour du devoir et
façonnée de bonne heure au travail, se répandait
toute entière dans les carrières que nous venons
d'indiquer.

Supposons d'abord un jeune homme bien né et
instruit, guidé par la plus haute de toutes les
vocations et se faisant prêtre de paroisse. Il ne
vaudrait pas, me direz-vous, le curé sorti du peuple
et sachant parler au peuple. Je ne suis pas de cet
avis. Loin de nuire à l'influence du prêtre, l'élévation de son intelligence, la distinction de ses
manières, la délicatesse de ses sentiments ne
pourraient que lui attirer davantage de respect.
Si souvent le curé de campagne manque de prestige, c'est que le paysan voit trop en lui un égal,
lorsqu'il devrait le sentir supérieur par l'élévation
des pensées et par le détachement des intérêts

matériels. — D'ailleurs, celui qui abandonnerait
les satisfactions de l'ambition et les jouissances
que donne la fortune pour se consacrer aux labeurs
d'une modeste paroisse aurait sûrement le cœur
d'un apôtre. Or, on n'a qu'à voir l'effet que produi-
sent habituellement dans les campagnes ces
missions prêchées par des religieux chez qui
l'instruction est à la hauteur du zèle ; on n'a qu'à
songer aux succès remportés au loin par nos mis-
sionnaires pour se rendre compte de l'immense
somme d'influence qu'un véritable apôtre peut
acquérir.

Si le médecin des âmes est dans le cas d'exercer
sur ceux qui l'entourent un véritable pouvoir, le
médecin des corps en a également un à sa disposi-
tion qui n'est peut-être pas moindre. On s'en aper-
çoit lorsqu'il s'avise de briguer pour lui-même ou
pour d'autres quelque mandat électif. Nul ne fait
plus de mal dans les populations que les médecins
athées, libres-penseurs et d'opinions politiques
exaltées. Supposez à leur place des hommes que
leur religion rendrait charitables, leur éducation
modérés et pacifiques, leur position de fortune
désintéressés, et vous verriez comment ces populations seraient retournées et rapidement amé-
liorées.

Et le professeur, qui s'adresse à des intelligences vierges encore d'impressions, niera-t-on qu'il ait la puissance de les pétrir à sa guise et de les former en quelque sorte à son image? Si le matérialiste et l'athée peuvent lancer chaque année dans le monde des fournées de jeunes hommes sans idéal et sans croyance, le maître spiritualiste et religieux ne saurait-il enfanter également, sous le souffle de sa parole, des générations croyantes et passionnées pour le bien?

Ce que nous disons du professeur peut également s'appliquer à l'écrivain. La parole et la plume sont en effet les deux sources d'influence les plus puissantes; mais ce ne sont pas les seules.

Chacun a pu avoir l'occasion de constater l'ascendant que peut prendre un propriétaire campagnard qui sait comprendre ses devoir et qui considère comme le premier de tous celui de donner le bon exemple. Beaucoup de châtelains qui viennent passer quelques mois dans leurs terres à l'époque des chasses croient avoir tout fait lorsqu'ils ont envoyé porter l'aumône dans quelques chaumières et qu'ils ont donné le pain béni, sous forme de brioche, le jour de la fête patronale. Ils se trompent. Ils peuvent exciter la curiosité ou l'envie; ils n'ont gagné ni l'estime ni l'affection. — Mais qu'un riche propriétaire, vivant réellement sur sa terre, s'associe aux affaires communales aussi bien qu'aux intérêts des particuliers: qu'il ne craigne pas d'entrer dans de fréquents rapports avec ses concitoyens, que chacun sache qu'il trouvera auprès de lui assistance et conseil, le paysan se rapprochera de lui, car il ne le sentira plus un étranger. Si, de plus, on le voit aimer la terre, se préoccuper des questions agricoles, se mettre à la tête de toutes les tentatives d'améliorations, montrer au besoin qu'il sait aussi manier la pelle et la pioche, on ne se doute pas de la somme de considération et d'influence qu'il peut acquérir. Pour s'en rendre compte, on n'a qu'à comparer l'esprit du village où habite un tel propriétaire avec celui de la commune voisine, qui n'a pour oracle qu'un cabaretier radical ou un vétérinaire besoigneux.

Si lors de la première révolution, en Vendée et en Bretagne, les paysans ont suivi leurs seigneurs, c'est qu'ils les avaient toujours vus au milieu d'eux, partageant leur existence et leurs labeurs. Dans les autres provinces, où les nobles vivaient à la cour, leurs tenanciers ont pris leurs terres et brûlé leurs châteaux.

De même que le propriétaire sur le travailleur

des champs, l'industriel peut prétendre à une salutaire influence sur ses ouvriers, le grand négociant sur le personnel de son magasin. — A côté de trop nombreuses usines où le nom du patron est odieux, où l'on n'entend que des plaintes et des imprécations, où les grèves succèdent aux grèves, où la misère règne dans tous les ménages et où les salaires se boivent au cabaret, il est heureusement donné de voir quelques établissements modèles où règnent l'ordre et le bien-être, où le travail n'est pas interrompu et où les troubles sont chose inconnue.

Ceux-là ont à leur tête des hommes qui ne voient pas dans l'ouvrier une machine dont il faut tirer le plus possible, mais un coopérateur et un associé à qui l'on a pour devoir d'assurer, avec le nécessaire de la vie, l'instruction, les soins de l'hygiène, une certaine somme de bien-être et même aussi quelques légitimes distractions.

Ah! si la haute classe, donnant enfin l'exemple, produisait en même temps que de vaillants soldats une génération de prêtres, de professeurs, de savants, de médecins, d'agriculteurs, de chefs d'industrie ou de négociants, tous animés de l'amour de leurs semblables et du zèle de contribuer à la grandeur de leur pays; oh, alors, nous serions assurés du relèvement de la patrie. — Le peuple, trop souvent trompé par des ambitieux et des intrigants, finirait par aller à ses vrais amis, à ceux qui sans le leurrer par de vaines promesses, lui prouveraient par leur vie et par leurs actes qu'ils cherchent vraiment à lui être utiles. — Si la haute classe voyait jamais pareille génération sortir de son sein, elle reprendrait bien vite la direction de la Société, car elle la mériterait, et même dans ce monde, il arrive plus souvent qu'on ne croit d'avoir ce qu'on mérite.

C'est facile, me dira-t-on, de rêver une génération forte et bien trempée, qui viendrait régénérer notre pays: le difficile, c'est de la faire naître. Hélas! je le sais bien, que c'est une œuvre difficile, je n'ai même que trop de propension à craindre qu'elle ne s'accomplisse jamais. Est-ce cependant une raison pour ne pas l'entreprendre, et ne suffit-il pas qu'il présente quelques chances de réussite pour qu'on essaie un remède, lorsque le salut en dépend?

Pour ce qui est du remède à la maladie dont nous souffrons, la difficulté consiste moins dans sa découverte que dans son application. Il n'y aurait pas besoin d'être un bien grand sorcier pour le prescrire, mais ce qui serait infiniment moins simple, ce serait de le faire accepter.

Que désirons-nous, en effet : une génération forte au physique comme au moral. Le monsieur de la Palisse de la chanson, qui n'est pas celui de l'histoire, nous répondrait lui-même : attachez-vous donc à développer chez vos enfants le corps et l'esprit.

Vous voulez développer le corps : habituez-le à supporter le froid et le chaud, à braver la fatigue, à mépriser la douleur; donnez à l'enfant de longues heures d'exercice, apprenez-lui la gymnastique, la natation, l'équitation, l'escrime; inspirez-lui le goût des jeux qui demandent de la vigueur et de l'adresse. Que la table où il s'assied soit toujours simple : évitez pour sa nourriture les friandises et les mets recherchés. Surtout, n'abrégez pas la durée de son enfance et n'arrêtez pas son développement et sa croissance en le laissant jouer à l'homme trop tôt.

Vous voulez développer l'esprit : ne multipliez pas les heures d'étude d'une façon exagérée, mais veillez à ce qu'elles soient toujours bien remplies; apprenez à l'enfant à travailler par lui-même; dites-vous que cent devoirs faits avec votre aide ne valent pas un devoir fait par lui tout seul. Tâchez de lui faire comprendre que le travail est le but de la vie et qu'on n'a de raison d'exister

qu'autant qu'on sait se rendre utile. Initiez l'enfant à tous ses devoirs envers Dieu, envers ses
semblables, envers son pays. Inspirez-lui l'amour
et le respect de la famille. Quelque doive être sa
position de fortune, apprenez-lui à pratiquer la
simplicité et à mépriser la mollesse, insistez surtout sur la nécessité absolue d'utiliser ses aptitudes
et de servir d'une façon ou d'une autre son pays.

Ce que vous ferez pour vos fils, faites-le aussi
pour vos filles. Fortifiez leurs corps et leurs âmes.
Elles ont besoin d'une santé résistante et d'une
éducation solide pour remplir leurs devoirs
d'épouses et de mères. Préparez-les donc aux
épreuves de leur vie de femme par une enfance
bien dirigée; donnez-leur du grand air et de l'exercice, habillez-les simplement, accoutumez-les à se
servir elles-mêmes; n'essayez pas d'en faire des
pédantes, apprenez-leur seulement ce qu'une
femme ne doit point ignorer. Que si elles sont
destinées à vivre dans le monde elles sachent y
tenir leur place, mais qu'elles n'oublient jamais
que la maison est leur royaume et qu'elles doivent
être surtout le lien et le charme de la famille.

Tout cela c'est fort bien, mon cher Monsieur, me
dira-t-on, et vous parlez comme un livre, mais
vous ne nous apprenez rien de nouveau.

Du nouveau! Quand il y en a si peu sous le soleil, croyez-vous donc que j'aie la prétention d'en inventer et que je veuille entreprendre un traité de l'éducation, alors qu'il existe tant de remarquables ouvrages sur la matière dont il suffirait d'appliquer les préceptes. Seulement, puisqu'on ne les observe guère, il ne serait déjà pas si inutile de les rappeler un peu.

Eh bien non, les rappeler ce n'est rien, il faudrait inspirer aux parents la volonté de les mettre en pratique: il faudrait leur persuader de donner la première de toutes les leçons, celle sans laquelle toutes les autres resteront fatalement à l'état de lettre morte, la *leçon de l'exemple*.

Un père prônera en vain le travail à ses fils s'il passe sa vie dans l'oisiveté; il sera mal venu à parler de vie austère et frugale s'il ne donne que des exemples de mollesse et de sensualité. Une mère ne formera pas de filles sérieuses si elle se montre à elle perpétuellement occupée de choses frivoles; elle ne leur inspirera pas le goût de la simplicité en satisfaisant ses propres penchants pour la parure et pour le luxe. Les parents peuvent bien être persuadés de ceci, c'est qu'ils ne verront jamais leurs leçons écoutées que s'ils sont les premiers à les mettre en pratique.

En est-il ainsi aujourd'hui? Si l'on sent pour
l'avenir le besoin d'une réforme, est-on prêt à se
réformer moi-même? Hélas! ce que nous voyons
autour de nous n'est guère de nature à le faire
supposer.

L'orage menace depuis longtemps, et la plupart
vivent comme si le ciel était toujours serein. Lorsqu'il aura éclaté, ne restera-t-il sur le sol de la
patrie que des débris ou des ruines: verra-t-on, au
contraire, comme au lendemain de ces violentes
averses de l'été tombant sur une campagne dessé-
chée, les tiges un instant courbées se relever et
reverdir? C'est le secret de Dieu.

Ce qu'on peut dire seulement, c'est que la course
qui nous entraîne mène tout droit à l'abîme. Si
pour arrêter le char emporté il faut une violente
secousse; s'il faut aux âmes les leçons de l'adver-
sité pour se relever et se ressaisir, préparons-nous
à subir le choc; acceptons et bénissons l'épreuve,
puisque nous lui devrions le salut et la régénération de la France.

DIJON

IMPRIMERIE R. AUBRY, 15, RUE BOSSUET

—

JUIN 1888

41

www.ingramcontent.com/pod-product-compliance
Lightning Source LLC
Chambersburg PA
CBHW060830250626
47162CB00005B/2021